안녕하세요 한국어.
잘 부탁합니다.
★ 獻給想要馬上說韓語的您 ★

初級 韓語文法 中文就行啦

有圖解的喔！

金龍範◎著

U0079929

STS
Culture Co.

前言

◎就是要瞭解韓國文化的初級文法！
◎就是想看韓劇時，可以懂韓星說的話！
◎就是想在韓星演唱會上，大聲用韓語來跟他們加油！
◎就是想要可以自由行韓劇的舞台、名所
　　以及私房景點，還要跟當地人交流。
◎就是想充分享受韓傳統舞蹈、美容沙龍！

　　那個時候，這些簡單又稀鬆平常的文法，就能馬上派上用場啦！

　　看了本書，您會驚呼：原來學韓語文法，可以這麼沒有壓力！這麼開心！

　　如果老師這樣教就好了的絕招，全部一次無私大公開！或許您離看懂韓劇，就只差看這一本書的距離！

　　《初級韓語文法 中文就行啦—有圖解的喔！》基於「要寫就寫簡單一點」這樣「容易記，又用得快」的原則。我們多用心，就讓您學習得更開心、更有信心。

　　《初級韓語文法 中文就行啦—有圖解的喔！》不只是「寫給您看」，也要「帶著您看」。每一個基礎句的語順，都有可愛的圖畫，讓您一看就知道句中詞語的位置順序，跟所擔任的任務。這裡利用笑點十足、可愛的插圖漫畫，帶您「進入情節」同時把句子的語順，輕鬆「照」進記憶裡！

目錄

一次到位！

韓語文法

有哪些品詞呢

- 韓語中的品詞

句意：我慢慢吃韓國烤肉拌飯。

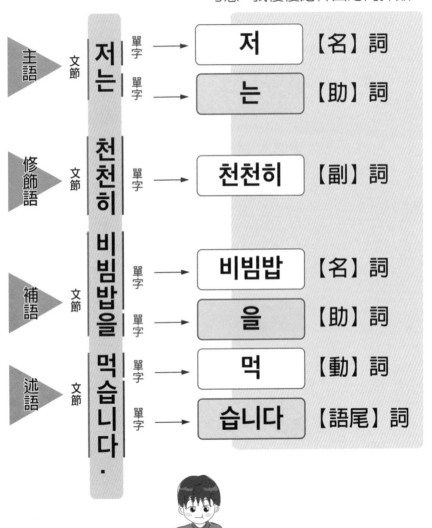

主語	文節	저는	單字 →	저	【名】詞
			單字 →	는	【助】詞
修飾語	文節	천천히	單字 →	천천히	【副】詞
補語	文節	비빔밥을	單字 →	비빔밥	【名】詞
			單字 →	을	【助】詞
述語	文節	먹습니다.	單字 →	먹	【動】詞
			單字 →	습니다	【語尾】詞

各種品詞

品　詞	單　　　字
【　動　】詞	만나다（見面），보다（看）
【　名　】詞	손（手），비（雨）
【代名】詞	나 / 내（我），이것（這個）
【形容】詞	싸다（便宜），즐겁다（快樂）
【存在】詞	있다（在 / 有），없다（不在 / 沒有）
【指定】詞	이다（是），아니다（不是）
【語尾】詞	으ㄹ까 / ㄹ까 , ㅂ니다 / 습니다
【助動】詞	고싶다（希望），아（어，여）있다（正在～）
【　副　】詞	빨리（快速地），천천히（慢慢地）
【　助　】詞	는 / 은 , 가 / 이 , 를 / 을 , 와 / 과
【　數　】詞	일（一），하나（一個）,

第一課　就是要當主角
主語

　　要說某人做什麼事啦！人如何啦！從事什麼工作啦！這個某人就是這個話題的主角，韓語文法上叫「主語」。主語是指實際進行某動作的主體，或存在的主體。也指某性質、某狀態、某關係的主體。一般放在句子的前面。例如：

（主語）	（述語）	‥‥（單字語順）
主體	動作、存在、性質、狀態、關係	

1. **나는** na.neun 那.嫩 　　**갑니다.** gam.ni.da 卡母.妮.打 　　我去。（動作）

2. **책은** chae.geun 切.滾 　　**있습니다.** it.seum.ni.da 乙.師母.妮.打 　　有書。（存在）

3. **눈은** nu.neun 努.嫩 　　**흽니다.** huim.ni.da 恨.妮.打 　　雪是白的。（性質）

4. **꽃이** kko.chi 扣特.氣 　　**예쁩니다.** ye.ppeum.ni.da 也.撲.妮.打 　　花很漂亮。（狀態）

5. **나는** na.neun 那.嫩 　　**학생입니다.** hak.saeng.im.ni.da 哈.先.因.妮.打 　　我是學生。（關係）

　　其中，「나」（我）是「갑니다」（去）這個動作的主體。「책」（書）是「있습니다」（有）這一存在句的主體。「눈」（雪）是「흽니다」（白的）這一性質的主體。「꽃」（花）是「예쁩니다」（漂亮）這一狀態的主體。主語「나」（我）等於「학생」（學生），兩者的關係是劃上等號的。主語一般是名詞、代名詞等。韓語的「나」（我）是對平輩、晚輩的說法，還有一個對上司、長輩的說法是「저」（我）。

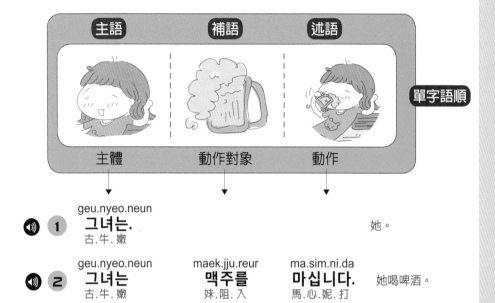

主語	補語	述語
主體	動作對象	動作

單字語順

geu.nyeo.neun
1 그녀는.
古.牛.嫩   她。

geu.nyeo.neun   maek.jju.reur   ma.sim.ni.da
2 그녀는   맥주를   마십니다.   她喝啤酒。
古.牛.嫩   妹.阻.入   馬.心.妮.打

「她喝啤酒。」她就是做「喝啤酒」這個動作的主角,也就是主語了。要知道哪個是主語,看看助詞就知道了。這句話的主語助詞「는」。韓語的特色就是有助詞來告訴您哪一個是主語喔!

第二課　好像婢女、書童 🔵 T2
助詞

　　韓語的助詞就像古代的婢女、書童一般，是來輔助主人，並顯示主人的身份是主語、補語還是修飾語。也就是說一個句子裡，各個單字間互相的關係，就靠助詞來幫忙弄清楚啦！當然助詞一定是緊緊跟在主人後面囉。

　　韓語的助詞還不少，入門階段，首先要掌握的有：
「은[eun]/는[neun]」表示主詞，這主詞是後面要說明、討論的對象。
「가[ga] / 이 [i]」表示主詞，這主詞是後面要說明的對象、行動的主體。
「를 [reur]/ 을[eur]」表示前面接的名詞是後面及物動詞的受詞。
「의[ui]」（～的）表示所有、領屬、來源等關係的助詞。
「에[e]/에게[e.ge]」（給～，去～）表示動作、作用的對象或方向。
「로[ro]/으로[eu.ro]」（用～，搭～）表示行動的手段和方法。
「과[gwa]/와[wa]」（和～）表示並列。「도[do]」（也）表示包含。
「부터[bu.teo]」（從～）表示時間跟空間的起點。
「까지[kka.ji]」（到～）表示時間跟空間的終點。

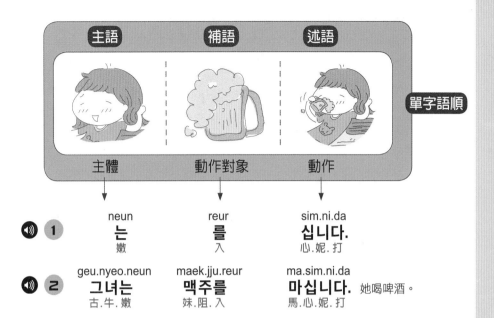

主語	補語	述語
主體	動作對象	動作

1

neun	reur	sim.ni.da
는	**를**	**십니다.**
嫩	入	心.妮.打

2

geu.nyeo.neun	maek.jju.reur	ma.sim.ni.da
그녀는	**맥주를**	**마십니다.** 她喝啤酒。
古.牛.嫩	妹.阻.入	馬.心.妮.打

　　「그녀는 맥주를 마십니다.」（她喝啤酒。）這句話用助詞「는」表示「她」是主語，也就是喝這一動作的主體。「를」表示「맥주」（啤酒）是補語，也就是「喝」這一動作的對象了。

第三課 用行動襯托主題
述語

○ T3

先提出主語「她」，至於她做了什麼動作？人在哪裡？長得怎麼樣？職業呢？要做這些敘述，都需要後面的述語。韓語的述語有動詞、存在詞、形容詞跟指定詞⋯等。

另外，要注意的是，韓語的述語一般都是放在句尾的喔！

```
（主語）           （述語）        ‥‥（單字語順）
 主體     動詞、存在詞、形容詞、指定詞
              原形（正式又尊敬）
  ↓              ↓
```

1　그녀는　간다 (갑 니 다) . 她去。（動詞-動作）
　geu.nyeo.neun　gan.da (gam.ni.da)
　古.牛.嫩　剛.打　（卡母.妮.打）

2　그녀는　있다 (있 습 니 다) . 她在。（動詞-存在）
　geu.nyeo.neun　it.dda (it.seum.ni.da)
　古.牛.嫩　乙.打　（乙.師母.妮.打）

3　그녀는　아 름 답다 (아 름 답 습 니 다) . 她很美。（形容詞-狀態）
　geu.nyeo.neun　a.reum.dap.tta (a.reum.dap.seum.ni.da)
　古.牛.嫩　阿.樂母.答.打　（阿.樂母.答.師母.妮.打）

4　그녀는　순수하다 (순수합니다) . 她很純樸。（形容詞-性質）
　geu.nyeo.neun　sun.su.ha.da (sun.su.ham.ni.da)
　古.牛.嫩　順.樹.哈.打　（順.樹.航.妮.打）

5　그녀는　학생이다 (학생입니다) . 她是學生。（指定詞-關係）
　geu.nyeo.neun　hak.saeng.i.da (hak.saeng.im.ni.da)
　古.牛.嫩　哈.先.衣.打　（哈.先.因.妮.打）

述語通常是放在句尾，在形式上有「原形」跟「正式又尊敬」兩種。原形中動詞、形容詞是以「다」結束，名詞是以「다/이다」結束。正式又尊敬的動詞、形容詞是以「ㅂ니다/습니다」結束，名詞是以「입니다」結束。

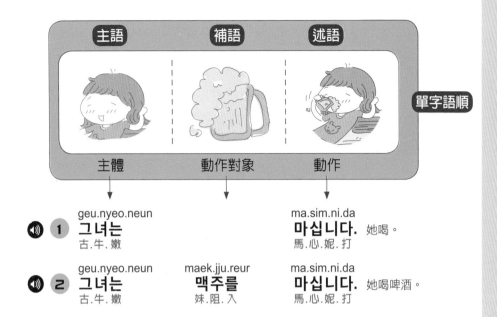

主語	補語	述語
主體	動作對象	動作

單字語順

geu.nyeo.neun
1 **그녀는**　　　　　　　　　**마십니다.** 她喝。
古.牛.嫩　　　　　　　　　　　馬.心.妮.打
　　　　　　　　　　　　　　　ma.sim.ni.da

geu.nyeo.neun　　maek.jju.reur　　ma.sim.ni.da
2 **그녀는**　　**맥주를**　　**마십니다.** 她喝啤酒。
古.牛.嫩　　　妹.阻.入　　馬.心.妮.打

　　動詞述語的「마십니다」（喝），是主語「她」的動作。例句（1）
只有主語「그녀」（她）和述語的動詞「마십니다」（喝），沒有補語，
讓人家不知道是喝什麼；例句（2）很清楚地知道她喝的是「啤酒」。

13

第四課　我不能沒有你

補語

T4

　　主語跟述語是一個句子的主要中心。但是，有時候，單靠述語是沒有辦法把意思說清楚的，這時就需要補語這樣的角色，來把意思進行補充說明。補語一般放在述語的前面。

　　補語就像把一張素顏的臉龐，補上彩妝一樣，把面貌修補得更完美。

　　補語一般以「名詞+助詞」的形式，跟述語保持一定的關係。補語的種類有：對象、場所、手段、材料、範圍、變化的結果…等。

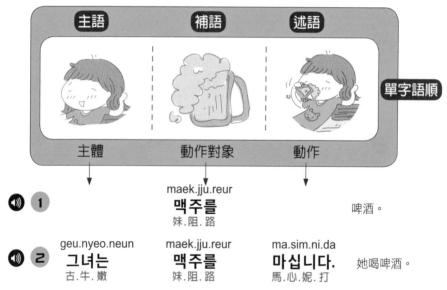

單字語順

主語	補語	述語
主體	動作對象	動作

1　maek.jju.reur
맥주를　妹.阻.路　　啤酒。

2　geu.nyeo.neun　maek.jju.reur　ma.sim.ni.da
그녀는　**맥주를**　**마십니다.**　她喝啤酒。
古.牛.嫩　妹.阻.路　馬.心.妮.打

　　「그녀는 맥주를 마십니다.」（她喝啤酒。）中，補語以「맥주（啤酒）+를」的形式，跟動詞述語「마십니다」（喝）構成「動作對象」的關係。也就是說「마십니다」（喝）需要有一個動作的對象，那個對象就是補語「맥주」，再加補語助詞「를」。

第五課　講清楚說明白
修飾語

　　大熱天，為了消暑，一口氣喝下啤酒，能瞬間刺激喉嚨，全身感覺清爽！要說「他一口氣喝了啤酒。」其中「一口氣」就是這個單元要說的「修飾語」了。

　　「修飾」就是讓句子的內容更詳細、明確的意思。就像一個造型設計師，把一個五官平凡的女孩，打造成五官立體，摩登的女孩一樣。

　　修飾語一般放在被修飾語的前面。

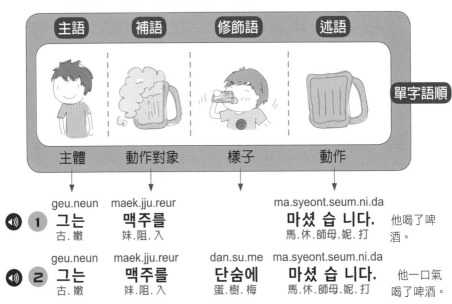

主語	補語	修飾語	述語
主體	動作對象	樣子	動作

geu.neun	maek.jju.reur		ma.syeont.seum.ni.da	
① 그는 古.嫩	맥주를 妹.阻.入		마셨 습 니다. 馬.休.師母.妮.打	他喝了啤酒。

geu.neun	maek.jju.reur	dan.su.me	ma.syeont.seum.ni.da	
② 그는 古.嫩	맥주를 妹.阻.入	단숨에 蛋.樹.梅	마셨 습 니다. 馬.休.師母.妮.打	他一口氣喝了啤酒。

　　例句（1）只說他喝了啤酒。例句（2）加入修飾語「단숨에」（一口氣）來修飾後面的動詞「마셨습니다」（喝），更清楚表現出狀態是「一口氣」的。

你	당신 dang.sin	你	너 neo
我	저 cheo	在下	나 na
他	그 geu	她	그녀 geu.nyeo
你們	당신들 dang.sin.deul	我們	저희 jeo.hi
我們，咱們	우리 u.ri	他們	그들 geu.deul
她們	그녀들 geu.nyeo.deul	親愛的	자기야 ja.gi.ya
大家	여러분 yeo.reo.bun	女人	여자 yeo.ja

----

1 照語順寫句子　依照下面的語順，改成一個完整的韓語句子。

1. 她 → 音樂 → 聽
   　　음악　　듣습니다

   _____

2. 他 → 韓語 → 教
   　　한국어　　가르칩니다

   _____

3. 我 → 飯 → 慢慢地 → 吃
   　　밥　　천천히　　먹습니다

   _____

2 排排看　請把盒子裡的字，排成正確的句子。

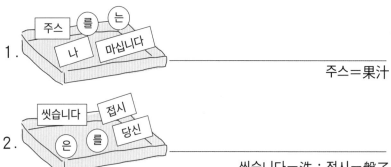

1. 주스　를　는　나　마십니다　_____

　　주스＝果汁

2. 씻습니다　접시　당신　은　를　_____

　　씻습니다＝洗；접시＝盤子

第一課 做什麼
（一）主語+述語

T6

　　基本句中的「做什麼」語順是「主語+述語」。主語是由助詞「가[ga] / 이[i]」來表示。接續方式是「母音結尾的名詞＋는[neun]；子音結尾的名詞＋은[eun]」。

　　如：「비가 내립니다.」（下雨。）、「새가 납니다.」（鳥飛。）、「꽃이 있습니다.」（有花。）等。這時候述語的「내립니다、납니다、있습니다」等表示動作、作用、狀態及存在的單字，就叫動詞。

　　中文說「下雨」，動詞是在前面，主語是在後面。而韓語的語順剛好是相反的，把動詞「下」放在主語「雨」的後面，當然主語要用助詞「가」來表示囉！語順是，

> 話題가/이+動作。

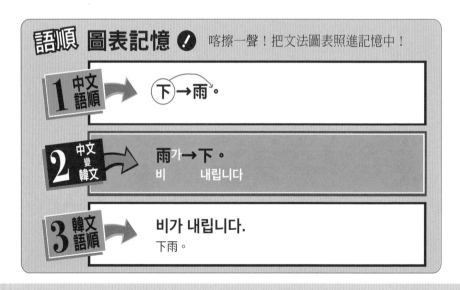

語順 圖表記憶 ❗ 喀擦一聲！把文法圖表照進記憶中！

1 中文語順 ➡ 下→雨。

2 中文變韓文 ➡ 雨가→下。
비　　內립니다

3 韓文語順 ➡ 비가 내립니다.
下雨。

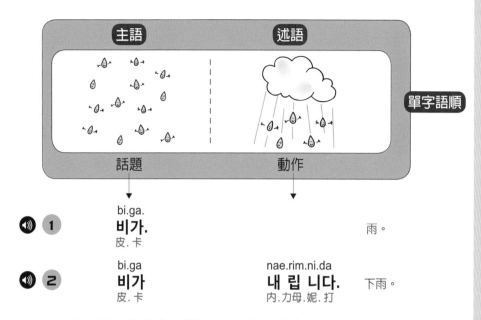

主語 / **述語**

話題 / 動作

1 bi.ga.
비가.
皮.卡
雨。

2 bi.ga
비가
皮.卡
nae.rim.ni.da
내 립 니다.
內.力母.妮.打
下雨。

　　以一個句子為基本，然後再發展成更長的句子，這個基本的句子，就叫基本句。上面的例句（1）只提到「雨」，沒有後面的述語，所以不是完整的句子。例句（2）有主語跟述語，這樣才算完整的句子。

（二）主語+補語+述語 1

　　基本句中，還有中間加入補語的「主語+補語+述語」的基本句。其中補語是由助詞「를 [reur]/ 을[eur] 」 來表示的。這裡的補語是承受述語動作的對象的人或物。接續方式是「母音結尾的名詞＋를；子音結尾的名詞＋을」。

　　而述語部分的動詞，需要有個補語，來當作承受動作的對象。這時候表示主語的助詞用「는[neun] / 은[eun]」，接續方式是「母音結尾的名詞＋는；子音結尾的名詞＋은」。

　　「韓國人喝味噌湯」這句語順是將動作「喝」移到句尾。然後助詞各自發揮作用，主詞用「은」，補語用「을」表示。注意喔！韓語的語順中，動詞往往是放在句尾的喔。語順是，

> 主體는/은+動作對象를/을+動作。

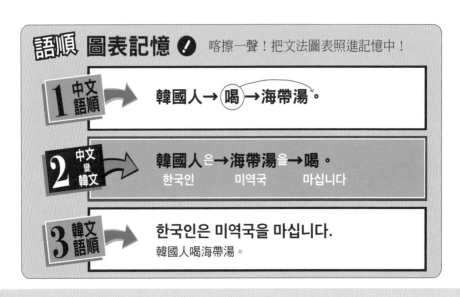

主語	補語	述語
主體	動作對象	動作

han.gu.gi.neun

1 한국인은 　　　　　　　마십니다. 韓國人喝。
韓.姑.幾.嫩 　　　　　　　馬.心.妮.打

| han.gu.gi.neun | mi yeok.ggu.geur | ma.sim.ni.da |

2 한국인은　미역국을　마십니다. 韓國人喝海帶湯。
韓.姑.幾.嫩　米.有苦.姑.股　馬.心.妮.打

主語就是做這個動作的人囉！韓語中補語一般是在述語的前面。

看漫畫比比看

1 한국인은 마십니다.
韓國人喝。

2 한국인은 미역국을 마십니다.
韓國人喝海帶湯。

　　上面例句（1）主語喝什麼呢？沒有承受喝這個動作的對象，所以意思就顯得不夠完整。為了讓「마십니다」（喝）有個對象，也讓意思能完整呈現，所以例句（2）加入補語「미역국」（海帶湯）後接補語助詞「을」。

（三）主語+補語+述語 2

　　韓語中的動詞，也會因為動詞述語的不同，而使用不同的補語助詞。

　　除了「을[eur]」之外，還有書童「와[wa]」、「로[ro]」、「에[e]」、「에서[e.seo]」、「까지[kka.ji]」、「도[do]」等，都可以當作補語助詞的。

　　要說「我和朋友吵架。」就把「和」移到朋友的後面，就行啦！這句話，中文的動詞很乖地跑到後面，所以比較簡單啦！語順是，

> 主體는/은+動作對象와+動作。

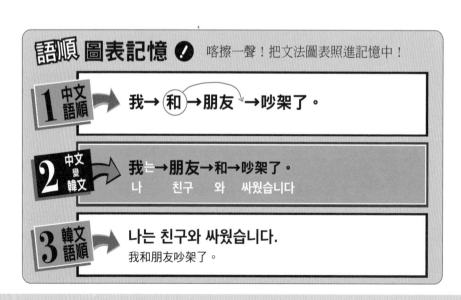

主語　　　　　補語　　　　　述語

主體　　　　　動作對象　　　　動作

na.neun 　　　　　　　　　　　ssa.wot.seum.ni.da
🔊 1 　나는　　　　　　　　　　　싸웠 습 니다.　我吵架了。
　　　那.嫩　　　　　　　　　　沙.我.師母.妮.打

na.neun 　　　　chin.gu.wa 　　ssa.wot.seum.ni.da
🔊 2 　나는　　　　친구와　　　　싸웠 습 니다.　我和朋友
　　　那.嫩　　　　親.姑.娃　　　沙.我.師母.妮.打　　吵架了。

　　這句話的「**싸웠습니다**」（吵架了）是「**싸우다**」（吵架）的過去式。過去式用「語幹是陽母音＋았다；語幹是陰母音＋었다」表示事情已經過去了，是在說話之前的事。也就是「**싸우다＋었다 ＝싸웠다**」，正式且尊敬的說法是「**싸웠습니다**」。過去式請看 STEP4 第一課。

看漫畫比比看

1 나는 싸웠습니다.
我吵架了。

2 나는 친구와 싸웠습니다.
我和朋友吵架了。

　　上面例句（1）只提到我吵架了，沒有述語動詞「**싸웠습니다**」（吵架）的補語，所以不知道跟誰吵架；例句（2）加上了補語「朋友」，才知道吵架的對象，整個句子就很清楚了。

（四）有兩個以上的補語

有些動詞述語，不僅只有一個補語，而是有兩個補語。如：「어머니는 나에게 돈을 건넵니다.」（媽媽給我錢。）中主語是「어머니[eo.meo.ni]」（媽媽），做的動作是「건넵니다[geon.nem.ni.da]」（給），先拿錢在手上，所以直接補語是「돈[don]」（錢），然後給間接的補語「나[na]」（我）。

從這裡可以清楚看到，間接補語用助詞「에게[e.ge]」表示，直接補語用助詞「을[eur]」表示。

「媽媽給我錢。」這句話，從中文語順來進行變化的話，就是把動作「給」移到句尾，就行啦！語順是，

> **主體**는/은+**間接對象**에게+**直接對象**를/을+**動作**。

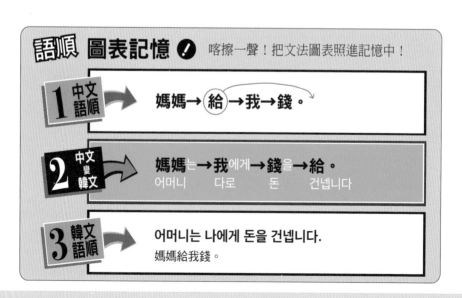

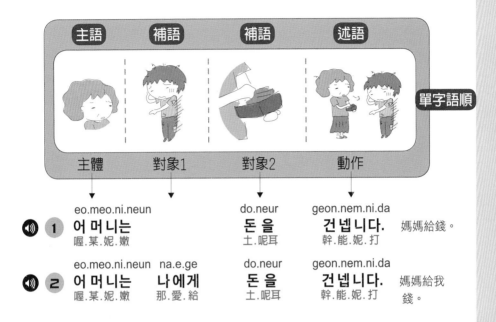

主語	補語	補語	述語

單字語順

主體　　　對象1　　　對象2　　　動作

1.
eo.meo.ni.neun
어머니는
喔.某.妮.嫩

do.neur
돈 을
土.呢耳

geon.nem.ni.da
건넵니다.
幹.能.妮.打

媽媽給錢。

2.
eo.meo.ni.neun　na.e.ge
어머니는　나에게
喔.某.妮.嫩　那.愛.給

do.neur
돈 을
土.呢耳

geon.nem.ni.da
건넵니다.
幹.能.妮.打

媽媽給我錢。

看漫畫比比看

1 어머니는 돈을 건넵니다.
　媽媽給錢。

2 어머니는 나에게 돈을 건넵니다.
　媽媽給我錢。

　　上面例句（1）只知道媽媽把錢遞了出去，不知道是給誰；例句（2）加入「나에게」（給我）用助詞「에게」來表示間接的對象，也就是給錢的對象，原來是「나」。

動詞變化

01 하다體 [ha.da] （辭書形）

　　韓語裡的動詞結尾以「다 [da]」結束的叫「하다體 [ha.da]」，由於詞典裡看到的也是這一形，所以又叫辭書形（也叫基本形、原形）。韓語的動詞結尾是會變化的，例如「去」這個動詞的原形是「가다 [ga.da]」，在華語中，如果要說「不去」，只要加上「不」，但韓語動詞結尾「가다」的「다」要進行變化，來表示「不」的意思，而沒有變化的「가」叫做語幹。形容詞的變化也是一樣的。

☐ 動詞

原　　　形	語　　　幹
가다 [ga.da]（去）→	가 [ga]
먹다 [meok.dda]（吃）→	먹 [meok]
팔다 [pal.da]（賣）→	팔 [pal]
타다 [ta.da]（搭乘）→	타 [ta]

02 합니다體 [ham.ni.da]

　　就是把語尾的「다 [da]」變成「ㅂ니다 [b.ni.da]/ 습니다 [seum. ni.da]」就行啦！這是最有禮貌的結束方式。聽韓國的新聞播報，就可以常聽到這一說法。「母音語幹結尾 + ㅂ니다 [b.ni.da]；子音語幹結尾 + 습니다」。「母音語幹結尾 + ㅂ니다」的「ㅂ」接在沒有子音的詞，被當作子音（收尾音）。這種活用規則，動詞、形容詞、存在詞、指定詞都適用。

基本句型

母音語幹結尾 + ㅂ니다 [b.ni.da]
子音語幹結尾 + 습니다 [seum.ni.da]

原　　形	語　　幹	합 니 다 體
가다 [ga.da]（去）→	가 [ga] →	갑니다 [gam.ni.da]
서다 [seo.da]（站立）→	서 [seo] →	섭니다 [seom.ni.da]
싸다 [ssa.da]（便宜）→	싸 [ssa] →	쌉니다 [ssam.ni.da]
앉다 [an.dda]（坐下）→	앉 [an] →	앉습니다 [an.seum.ni.da]
먹다 [meok.dda]（吃）→	먹 [meog] →	먹습니다 [meok.seum.ni.da]

03 해요體 [hae.yo]

　　就是把語尾的「다 [da]」變成「아요 [a.yo]/ 어요 [eo.yo]」就行啦！這是一般口語中常用到的客氣但不是正式的平述句語尾「～요 [yo]」的「해요體 [hae.yo]」。這是首爾的方言，由於說法婉轉一般女性喜歡用，男性也可以用。至於動詞要怎麼活用呢？那就看語幹的母音是陽母音，還是陰母音來決定了。

☐ 語幹的母音是陽母音時

　　什麼是陽母音呢？那就是向右向上的母音「ㅏ、ㅑ、ㅗ、ㅛ、ㅘ」了。例如「살다 [sal.da]（活著）」、「닫다 [dat.dda]（關閉）」、「옳다 [ol.ta]（正確）」等，語幹是陽母音的動詞，就要用「語幹＋아 [a] ＋요 [yo]」的形式了。只要記住「아 [a]」的「ㅏ [a]」也是陽母音，就簡單啦！

陽母音語幹＋아 [a] ＋요 [yo]

原　　形	陽母音語幹	해 요 體
살다 [sal.da]（活著）→	살 [sar](母音是 ㅏ)：	살아요 .[sa.ra.yo] (살＋아＋요)
닫다 [dat.dda]（關閉）→	닫 [dad](母音是 ㅏ)：	닫아요 .[da.da.yo] (닫＋아＋요)
옳다 [ol.ta]（正確）→	옳 [ol](母音是 ㅗ)：	옳아요 .[o.la.yo] (옳＋아＋요)
가다 [ga.da]（去）→	가 [ga](母音是 ㅏ)：	가요 .[ga.yo] (가＋아＋요 . 但因為「ㅏ、아」兩個母音連在一起，所以「아」被省略了。)

□ 語幹的母音是陰母音時

陽母音以外的母音叫「陰母音」，有「ㅓ、ㅕ、ㅜ、ㅠ、ㅡ、ㅣ」。例如：「묻다 [mut.da]（埋葬）」、「서다 [seo.da]（站立）」等，語幹是陰母音的動詞，就要用「語幹＋어 [eo]＋요 [yo]」的形式了。只要記住「어 [eo]」的「ㅓ [eo]」也是陰母音，就簡單啦！

陰母音語幹＋어 [eo]＋요 [yo]

原　　形	陰母音語幹	해 요 體
묻다 [mut.dda]（埋葬）→	묻 [mud]（母音是ㅜ）：	묻어요 .[mu.deo.yo]（묻＋어＋요）
서다 [seo.da]（站立）→	서 [seo]（母音是ㅓ）：	서요 .[seo.yo]（서＋어＋요．但是「ㅓ、어」兩個母音連在一起，所以「어」被省略了）

HOME

04 半語體

　　只要把「해요體 [hae.yo]」最後的「요 [yo]」拿掉就行啦！半語體用在上對下或親友間。在韓國只要是長輩或是陌生人，甚至只大你一歲的人，都不要用「半語體」，否則不僅會被覺得很沒禮貌，還可能會被碎碎念哦！至於動詞要怎麼活用呢？那也是看語幹的母音來決定了。

□ 語幹的母音是陽母音（ㅏ、ㅑ、ㅗ、ㅛ、ㅘ）時

　　跟「해요體 [hae.yo]」的活用一樣，最後只要不接「요 [yo]」就行啦！也就是「語幹＋아 [a]」的形式了。

陽母音語幹＋아 [a]

原　　　形	陽母音語幹	半　語　體
살다 [sal.da]（活著）→	살 [sar]（母音是ㅏ）:	살아 .[sa.ra]（살＋아）
닫다 [dat.dda]（關閉）→	닫 [dad]（母音是ㅏ）:	닫아 .[da.da]（닫＋아）
가다 [ga.da]（去）→	가 [ga]（母音是ㅏ）:	가 .[ga]（가＋아．但因為「ㅏ、아」兩個母音連在一起，所以「아」被省略了）

☐ 語幹的母音是陰母音時

跟「해요體 [hae.yo]」的活用一樣，最後只要不接「요 [yo]」就行啦！
也就是「語幹＋어 [a]」的形式了。

陰母音語幹＋어 [a]

原　　　形	陰母音語幹	半　語　體
묻다 [mut.dda] （埋葬）→	묻 [mud]（母音是ㅜ）：	묻어 .[mu.deo]（묻＋어 .）
서다 [seo.da] （站立）→	서 [seo]（母音是ㅓ）：	서 .[seo]（서＋어 . 但是「ㅓ、어」兩個 母音連在一起，所以「어」被省略了）

☐ 하變則用言（名詞＋하다 [ha.da]）

韓語中，還有一種動詞用的是「名詞＋하다[ha.da]」的形式。叫做「하
變則用言」（又叫하다用言、여 [yeo] 變則用言）。

例如：

> 基本形→하다（사랑하다）[ha.da（sa.rang.ha.da）]
>
> 客氣正式→합니다（사랑합니다）[ham.ni.da（sa.rang.ham.ni.da）]
>
> 客氣非正式→해요（사랑해요）[hae.yo（sa.rang.hae.yo）]

名詞＋하다	하 變 則 用 言
愛＋하다 →	사랑하다 .[sa.rang.ha.da]（喜愛。）
感謝＋하다 →	감사하다 .[gam.sa.ha.da]（感謝。）
多情＋하다 →	다정하다 .[da.jeong.ha.da]（多情、親切。）

1 照語順寫句子　依照下面的語順，改成一個完整的韓語句子。

1. 風 → 吹
　　바람　붑니다

　_____

2. 哥哥 → 她 → 和 → 約會
　　　　　　　　　데이트합니다

　_____

3. 蔬果店 → 她 → 給 → 白籮菠 → 賣
　　야채가게　　　　　　무　　팔겠습니다

　_____

2 排排看　請把盒子裡的字，排成正確的句子。

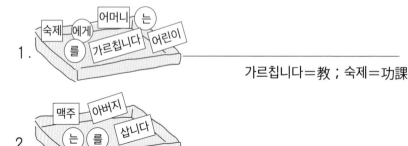

1.　_____

　　가르칩니다＝教；숙제＝功課

2.　_____

　　삽니다＝購買；맥주＝啤酒

第二課　怎樣的

（一）主語+述語

　　基本句的「怎樣的」，又叫形容詞句。形容詞句的述語是形容詞。形容詞是說明客觀事物的性質、狀態或主觀感情、感覺的詞。而主語是用助詞「가[ga]/이[i]」跟「는[neun]/은[eun]」來表示的。接續方式跟動詞一樣。

　　表示尊重的語尾接續是「母音語幹結尾＋ㅂ니다[b.ni.da]；子音語幹結尾＋습니다[seum.ni.da]」。

　　韓語的形容詞句的語順是「主語+述語」，這對我們而言比較好理解。例如，中文說「風很涼」，就只要直接照著中文語順走就好了。當然主語的助詞「가/이」或「는/은」要記得接在主語的後面囉！語順是，

> 話題가/이；는/은+狀態。

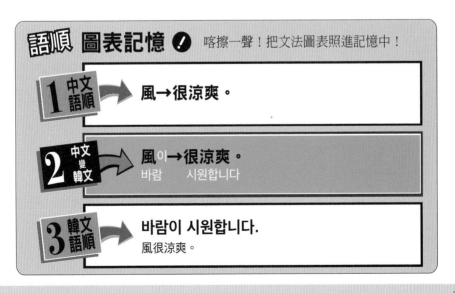

語順　圖表記憶　❗ 喀擦一聲！把文法圖表照進記憶中！

1 中文語順 ➡ 風→很涼爽。

2 中文變韓文 ➡ 風이→很涼爽。
바람　　시원합니다

3 韓文語順 ➡ 바람이 시원합니다.
風很涼爽。

（1）形容詞的합니다體

主語	述語
話題	狀態等

單字語順

1
ba.ra.mi
바람이
拔.拉.米
　　　　　　　　　　　　　　風。（助詞「이」）

2
si.won.ham.ni.da
시원합니다.
西.旺.航.妮.打
涼爽。（述語原形是「시원하다」）

3
ba.ra.mi　　　　　si.won.ham.ni.da
바람이　　　　　**시원합니다.**
拔.拉.米　　　　　西.旺.航.妮.打
風很涼爽。

　　「바람이 시원합니다.」（風很涼。）這一句話，是敘述「風」的形容詞句。首先，「風」是這個句子的主語，也是主題，主語助詞是「이」。對於風所進行的描述是後接的形容詞「시원하다」（涼爽）。最後是表示尊重的합니다體，由於「母音語幹結尾＋ㅂ니다」所以變化方式是：

　　「시원하다→시원하（ㅏ是母音語幹結尾）→시원하+ㅂ니다=시원합니다」。

　　形容詞變化請看40頁。另外，韓語單純的敘述「바람이 시원합니다.」（風涼。）為了翻譯上語意的通順而加上「很」字，成為「風很涼」。

（2）形容詞的해요體

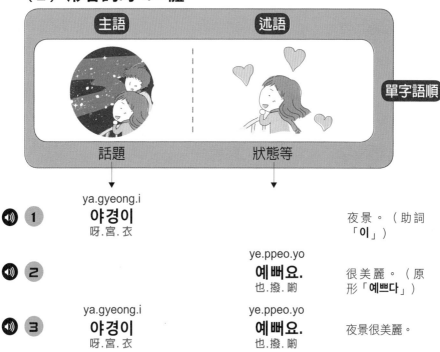

主語	述語
話題	狀態等

單字語順

ya.gyeong.i
1 야경이
呀.宮.衣
夜景。（助詞「이」）

ye.ppeo.yo
2 예뻐요.
也.撥.喲
很美麗。（原形「예쁘다」）

ya.gyeong.i ye.ppeo.yo
3 야경이 예뻐요.
呀.宮.衣 也.撥.喲
夜景很美麗。

　　首爾的百萬夜景，真的值得一看的喔！這句話是根據「夜景」來進行描述的。主語是「야경」（夜景），也是主題。主語助詞是「이」，對夜景所進行的描述是後接的形容詞「예쁘다」（美麗）。

　　這裡的「예쁘다」是基本形，非正式但客氣的說法是해요體的「예뻐요」，也就是：

　　「예쁘다→예쁘（ー是陰母音）→예뻐＋어＋요＝예뻐요」變化而來的。

　　其中「쁘」的「ー」由於接「어」所以有脫落的現象。這一說法常用在口語上。如果要說的正式又尊敬就用「예쁩니다」。

（3）形容詞的半語體

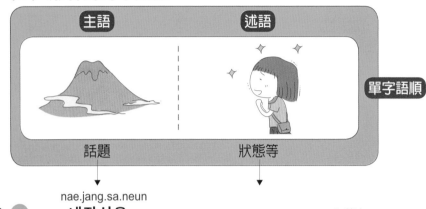

主語	述語
話題	狀態等

單字語順

1 nae.jang.sa.neun
내장산은
內.張.沙.嫩

內藏山。
（助詞「은」）

2 a.reum.da.weo
아름다워.
阿.樂母.打.我

很美。（述語原
形是「아름답다」）

3 nae.jang.sa.neun　　　a.reum.da.weo
내장산은　　　**아름다워.**
內.張.沙.嫩　　　阿.樂母.打.我

內藏山很美。

　　半語體是用在上對下或親友之間。這句話是描述「내장산」（內藏山）的形容詞句。首先，「내장산」是這個句子的主語，主語助詞是「은」。對於內藏山所進行的敘述是後接的形容詞原形是「아름답다」（美麗），改成半語體就是「아름다워」。

　　這裡的變化叫「形容詞的ㅂ變則」，也就是形容詞語幹是ㅂ結尾，ㅂ要先脫落，再接「워」變成半語體，過程是：

　　「아름답다→아름답（語幹是ㅂ要先脫落）→아름다+워=아름다워」。

　　形容詞的ㅂ變則用法請看43頁。

（4）形容詞的原形

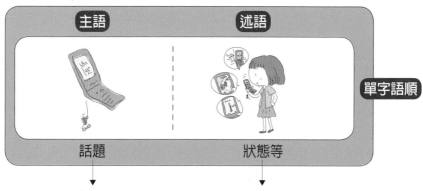

主語　　　　　　　述語

話題　　　　　　　狀態等

單字語順

hyu.dae.po.neun

◀) 1 **휴대폰은**
休.貼.普.嫩

手機。（助詞「은」）

pyeon.li.ha.da

◀) 2 **편리하다.**
騙.里.哈.打

很方便。（述語原形是「**편리하다**」）

hyu.dae.po.neun　　　pyeon.li.ha.da

◀) 3 **휴대폰은**　　　**편리하다.**
休.貼.普.嫩　　　　騙.里.哈.打

手機很方便。

　　這句話是根據「手機」來進行敘述的形容詞原形句。主語是「手機」，也是主題。主語助詞是「은」，對手機所進行的描述是後接的形容詞原形「편리하다」（方便）。

（二）有補語的

　　要說「公寓（離車站）很近」，形容詞句就會需要補語了。例如：「맨션은 아주 가깝습니다．」（公寓很近。）這句中，述語「가깝습니다」（很近）的補語是「아주」（很，非常），表示說明主語「맨션은」（公寓）是離車站很近。

　　「公寓很近。」這句話要變成韓語語順，就如前面所提過的，形容詞句的語順比較接近中文語順，所以不會有大幅的移動！語順是，

> **主體은＋關連內容＋狀態。**

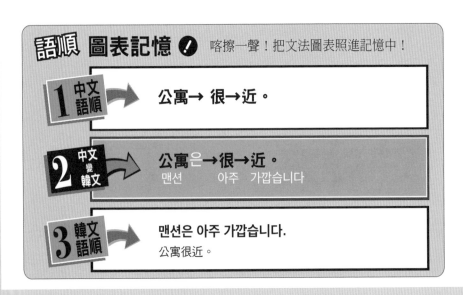

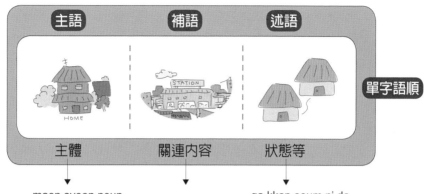

主語	補語	述語
主體	關連內容	狀態等

	maen.syeon.neun		ga.kkap.seum.ni.da
1	맨션은 兒.兄.嫩		가 깝 습 니 다. 卡.卡普.師母.妮.打	公寓近。

	maen.syeon.neun	a.ju	ga.kkap.seum.ni.da
2	맨션은 兒.兄.嫩	아주 阿.阻	가 깝 습 니 다. 卡.卡普.師母.妮.打	公寓很近。

看漫畫比比看

1 맨션은 가깝습니다.
公寓近。

2 맨션은 아주 가깝습니다.
公寓很近。

　　例句（1）只知道「公寓近」，但是有多近呢？沒有明確說明；例句（2）很清楚地用補語「아주」（很、非常），說出距離近的兩個點「公寓」跟「車站」！

形容詞的變化

01 하다體 [ha.da]（辭書形）

　　韓語的形容詞變化跟動詞一樣，結尾以「다 [da]」結束的叫「하다體 [ha.da]」，由於詞典裡看到的也是這一形，所以又叫辭書形（也叫基本形、原形）。韓語的形容詞詞尾是會進行變化的。例如「鹹的」這個形容詞的原形是「짜다」，在華語中，如果要說「不鹹」，只要加上「不」就行啦！但韓語的「不」是用「語幹＋지 않다」來表現，因此要表示「不鹹」就要這樣變化「짜다：짜＋지 않다→짜지 않다」，而沒有變化的「짜」 叫做語幹。

☐ **形容詞**

原　　形	語　　幹
크다 [keu.da]（大的）→	크 [keu]
작다 [jak.dda]（小的）→	작 [jak]
길다 [gil.da]（長的）→	길 [gil]
좋다 [jo.ta]（好的）→	좋 [jot]
덥다 [deop.dda]（熱的）→	덥 [deob]

02 합니다體 [ham.ni.da]

　　就是把語尾的「다 [da]」變成「ㅂ니다 [b.ni.da]/ 습니다 [seum.ni.da]」就行啦！這是最有禮貌的結束方式。聽韓國的新聞播報，就可以常聽到這一說法。「母音語幹結尾＋ㅂ니다 [b.ni.da]；子音語幹結

尾＋습니다」。「母音語幹結尾＋ㅂ니다」的「ㅂ [b]」接在沒有子音的詞，被當作子音（收尾音）。這種活用規則，動詞、形容詞、存在詞、指定詞都適用。

> 基本句型
>
> **母音語幹結尾 + ㅂ니다** [b.ni.da]
> **子音語幹結尾 + 습니다** [seum.ni.da]

原　　形	語　　幹	합 니 다 體
좋다 [jo.ta] (好的) →	좋 [jot] →	좋습니다 [jot.seum.ni.da]

03 해요體 [hae.yo]

就是把語尾的「다 [da]」變成「아요 [a.yo]／어요 [eo.yo]」就行啦！這是一般口語中常用到的客氣但不是正式的平述句語尾「～요 [yo]」的「해요體 [hae.yo]」。這是首爾的方言，由於說法婉轉一般女性喜歡用，男性也可以用。至於形容詞要怎麼活用呢？那就看語幹的母音是陽母音，還是陰母音來決定了。

☐ 語幹的母音是陽母音時

什麼是陽母音呢？那就是向右向上的母音「ㅏ、ㅑ、ㅗ、ㅛ、ㅘ」了。例如「옳다 [ol.ta]（正確）」等，語幹是陽母音的動詞‧形容詞，就要用「語幹＋아 [a] ＋요 [yo]」的形式了。只要記住「아 [a]」的「ㅏ [a]」也是陽母音，就簡單啦！

陽母音語幹＋아 [a] ＋요 [yo]

原　　形	陽母音語幹	해 요 體
대단하다 [dae.dan.ha.da] （了不起）→	대단하 [dae.dan.ha] （ 母音是ㅏ）：	대단해요 .[dae.dan.hae.yo]（ 대단하＋아＋ 요 . 但因為「하、아」兩個母音連在一起，所以 縮約為「해」。）

☐ 語幹的母音是陰母音時

陽母音以外的母音叫「陰母音」，有「ㅓ、ㅕ、ㅜ、ㅠ、ㅡ、ㅣ」。例如：
「재미있다 [jae.mi.it.da]（有趣）」等，語幹是陰母音的動詞・形容詞，
就要用「語幹＋어 [eo] ＋요 [yo]」的形式了。只要記住「어 [eo]」的「ㅓ
[eo]」也是陰母音，就簡單啦！

陰母音語幹＋어 [eo] ＋요 [yo]

原　　形	陰母音語幹	해 요 體
재미있다 [jae.mi.it.dda] （ 有趣 ）→	재미있 [jae.mi.it]（ 母音是ㅣ）：	재미있어요 .[jae.mi.i.sseo.yo] （ 재미있＋어＋요 ）

04 半語體

只要把「해요體 [hae.yo]」最後的「요 [yo]」拿掉就行啦！半語體
用在上對下或親友間。在韓國只要是長輩或是陌生人，甚至只大你一
歲的人，都不要用「半語體」，否則不僅會被覺得很沒禮貌，還可能

會被碎碎念哦！至於動詞・形容詞要怎麼活用呢？那也是看語幹的母音來決定了。

☐ 語幹的母音是陽母音（ㅏ、ㅑ、ㅗ、ㅛ、ㅘ）時

跟「해요體 [hae.yo]」的活用一樣，最後只要不接「요 [yo]」就行啦！也就是「語幹＋아 [a]」的形式了。

陽母音語幹＋아 [a]

原　　形	陽母音語幹	半　語　體
옳다 [ol.ta]（正確）→	옳 [ol]（母音是ㅗ）：	옳아 .[o.la]（옳＋아）

☐ 語幹的母音是陰母音時

跟「해요體 [hae.yo]」的活用一樣，最後只要不接「요 [yo]」就行啦！也就是「語幹＋어 [a]」的形式了。

陰母音語幹＋어 [a]

原　　形	陰母音語幹	半　語　體
재미있다 [jae.mi.it.dda]（有趣）→	재미있 [jae.mi.it]（母音是ㅣ）：	재미있어 .[jae.mi.i.sseo]（재미있＋어 .）

＊ㅂ變則用言

以「ㅂ」結尾的形容詞，「ㅂ」尾音要先脫落，再接「우 [u]」，但如果後接「어 [eo] / 아 [a]」，就要將「우」跟「어 [eo] / 아 [a]」結合成「워 [wo]」。如「귀엽다 [gwi.yeop.tta]」（可愛的），變化方式是「귀엽다→귀엽여＋워＝귀여워」。

練 習 問 題

---

1 排排看　　請把盒子裡的字，排成正確的句子。

1. ＿＿＿＿＿＿＿＿＿＿＿

멉니다＝很遠；학교＝學校；

집＝家

2. ＿＿＿＿＿＿＿＿＿＿＿

역사＝歷史；잘압니다＝很瞭解

---

2 翻譯練習　　請把中文句子翻譯成為韓語。

1. **海很藍。**（用助詞「가」）　　　海＝바다；藍＝푸릅니다

＿＿＿＿＿＿＿＿＿＿＿＿＿＿＿＿＿＿＿＿＿＿

2. **汽車很方便。**（用助詞「가」）　汽車＝차；方便＝편리합니다

＿＿＿＿＿＿＿＿＿＿＿＿＿＿＿＿＿＿＿＿＿＿

3. **山很漂亮。**（用助詞「이」）　　山＝산；很漂亮＝예쁩니다

＿＿＿＿＿＿＿＿＿＿＿＿＿＿＿＿＿＿＿＿＿＿

第三課 什麼的

　　指定詞或指示詞的基本文「什麼的」語順是「主語＋述語」。它是沒有補語的，而主語的助詞用「는 [neun] / 은 [eun]」。也就是「～는 / 은 ~입니다 [im.ni.da]」這樣的指定詞句或指示代名詞句。

　　例如，「나는 학생입니다.」（我是學生。）這裡的「나」（我）是主語，也就是主題，助詞用「는」。當然，原則上主語是要放在句首的啦！述語是「학생」（學生），最後加上「입니다」（是），就把兩者劃上等號了。

　　「我是學生。」這句話的韓語語順，就把「是」往後移就行啦！這裡的「是」相當於韓語的「입니다」，普通體是「다」喔。

> 主語는/은＋述語입니다。

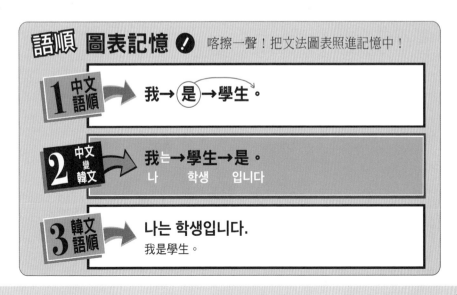

語順 圖表記憶 ❗ 喀擦一聲！把文法圖表照進記憶中！

1 中文語順 　我→（是）→學生。

2 中文變韓文 　我는→學生→是。
　　　　　나　　學生　　입니다

3 韓文語順 　나는 학생입니다.
　　　　　我是學生。

（1）主語是名詞

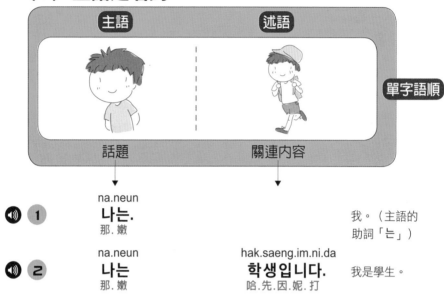

主語	述語
話題	關連內容

單字語順

1 na.neun
나는.
那.嫩
我。（主語的助詞「는」）

2 na.neun　　　hak.saeng.im.ni.da
나는　　　학생입니다.
那.嫩　　　哈.先.因.妮.打
我是學生。

　　主題是「나」（我），述語是「학생」（學生），但光是這樣還不夠，必須要加入「입니다」（是）才能把兩者劃上等號，說明「我是學生。」這件事。有些人很容易把「는」譯成「是」，這是不對的喔！

（2）主語是事物指示詞

主語	述語
話題	關連內容

單字語順

1

i.geo.seun
이것은
衣.狗.孫

這。（主語的助詞是「은」）

2

i.geo.seun
이것은
衣.狗.孫

jap.jji.im.ni.da
잡 지입니다.
夾普.幾.因.妮.打

這是雜誌。

上面的例句也是「~는/은~입니다」的指示代名詞句，只是主語是事物指示詞。因此，「這是雜誌。」的語順也是把「是」往後移就行啦！語順是，

이것은+述語입니다。

事物指示代名詞「이것 [i.geot]、그것 [geu.geot]、저것 [jeo.geot]、어느것 [eo.neu.geot]」 是一組指示代名詞，用來指示事物。

「이것」（這個）指離說話者近的人事物。「그것 」（那個）指離聽話者近的人事物。「저것」（那個）指離說話者跟聽話者都遠的人事物。「어느것」（哪個）指範圍不確定的人事物。用圖表示，如下：

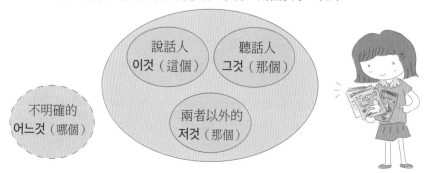

說話人 이것（這個）	聽話人 그것（那個）

不明確的 어느것（哪個）

兩者以外的 저것（那個）

（3）主語是場所指示詞

主語　　　　　　　述語

單字語順

T8

話題　　　　　　關連內容

1　yeo.gi.neun
여기는
有.幾.嫩

這裡。（主語的
助詞是「는」）

2　yeo.gi.neun　　　　　seo.u.rim.ni.da
여기는　　　　　**서울 입 니다.**
有.幾.嫩　　　　　手.惡.力母.妮.打

這裡是首爾。

　　這也是「~는/은~입니다」的指示代名詞句，只是主詞是場所指示詞。
所以「這是首爾。」的韓語語順也是把「是」往後移就行啦！語順是，

여기는+述語입니다。

　　「여기 [yeo.gi]、거기 [geo.gi]、저기 [jeo.gi]、어디 [eo.di]」是一組場所指示
代名詞。「여기」（這裡）指離說話者近的場所。「거기」（那裡）指離聽
話者近的場所。「저기」（那裡）指離說話者和聽話者都遠的場所。
「어디」（哪裡）表示場所的疑問和不確定。

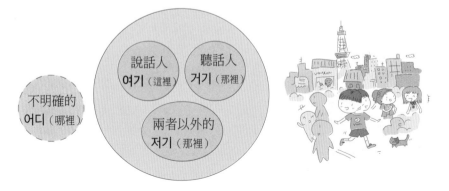

不明確的
어디（哪裡）

說話人
여기（這裡）

聽話人
거기（那裡）

兩者以外的
저기（那裡）

指定詞活用變化

01 是～ = ～입니다 [im.ni.da]（禮貌並尊敬的說法）

　　到韓國面對年紀比你大的長輩、老師或初次見面的人，要表示高度的禮貌並尊敬對方，說自己「是粉絲」，這個「是～」就用「～입니다 [im.ni.da]」（原形是이다 [i.da]）。只要單純記住「是～ = ～입니다」就可以啦！無論前面接的名詞是母音結尾或是子音結尾，都直接接「～입니다」就行啦。

 基本句型

母音結尾的名詞＋＋입니다 . [im.ni.da]

子音結尾的名詞＋＋입니다 . [im.ni.da]

是汽車。

汽車	是
ja.dong.cha	im.ni.da

「例句」

자동차 입니다 .
叉.同.擦　因.妮.打

是粉絲。

粉絲	是
pae	nim.ni.da

「例句」

팬 입니다 .
配　妮.妮.打

02 是～ = ～예요 [ye.yo]（客氣但不是正式的說法）

　　「是～」還有一種用在親友之間，但說法帶有禮貌、客氣，語氣柔和的「～예요 [ye.yo]」。說法比原形的「이다 [i.da]」還要客氣。但禮貌度沒有「입니다 [im.ni.da]」來得高。

 基本句型

母音結尾的名詞＋예요 . [ye.yo]

子音結尾的名詞＋이에요 . [i.e.yo]

是男性。

男性	是
nam.ja	ye.yo

「例句」

남자 예요 .
男.叉　也.喲

是粉絲。

粉絲	是
pae	ni.e.yo

「例句」

팬 이에요 .
配　妮.也.喲

03 是～＝～야 [ya]（上對下或親友間的說法）

看過「冬季戀歌」的人知道嗎？裡面的主角都是同學，所以講的都是「半語」喔！也表示「是～」的「～야 [ya]」用法比較隨便一點，是用在對年紀比自己小，或年紀差不多的親友之間的「半語＝一半的語言」。請注意，對長輩或較為陌生的人，可不要使用喔！對方可能會覺得你很沒有禮貌，而對你有不好的印象喔！

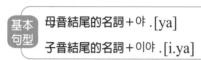

基本句型

母音結尾的名詞＋야 . [ya]

子音結尾的名詞＋이야 . [i.ya]

是手錶。

手錶	是
si.ge	ya

「例句」 시계 야 .
細.給　牙

是學校。

學校	是
hak.ggyo	ya

「例句」 학교 야 .
哈.叫　牙

04 是～＝～다 [da].（原形的說法）

입니다 [im.ni.da] 的原形是「다 [da]/ 이다 [i.da]」。表示「是～」的意思。

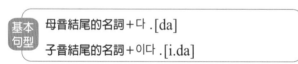

基本句型

母音結尾的名詞＋다 . [da]

子音結尾的名詞＋이다 . [i.da]

是手錶。

手錶	是
si.ge	da

「例句」 시계 다 .
細.給　打

是桌子。

桌子	是
chaek.sang	i.da

「例句」 책상 이다 .
妾可.商　衣.打

整理一下

	客氣且正式	稍稍客氣	隨便	原形
母音結尾	名詞＋ 입니다 [im.ni.da]	名詞＋ 예요 [ye.yo]	名詞＋ 야 [ya]	名詞＋ 다 [da]
子音結尾	名詞＋ 입니다 [im.ni.da]	名詞＋ 이에요 [i.e.yo]	名詞＋ 이야 [i.ya]	名詞＋ 이다 [i.da]

指示代名詞

01 指示代名詞

韓語的指示代名詞，就從「이 [i]（這），그 [geu]（那），저 [jeo]（那），어느 [eo.neu]（哪）」學起吧！

	代名詞	連體詞	事物	場所
近	이 [i] 這 （離自己近）	이 사람 [i.sa.ram] 這位	것 [geot] 這個	여기 [yeo.gi] 這裡
中	그 [geu] 那 （離對方近）	그 사람 [geu.sa.ram] 那位	그것 [geu.geot] 那個	거기 [geo.gi] 那裡
遠	저 [jeo] 那 （離雙方遠）	저 사람 [jeo.sa.ram] 那位	저것 [jeo.geot] 那個	저기 [jeo.gi] 那裡
未知	어느 [eo.neu] 哪（疑問）	어느 분 [eo.neu.bun] 哪位	어느 것 [eo.neu. geot] 哪個	어디 [eo.di] 哪裡

이 [i] 前接名詞，指離說話者近的人事物。
그 [geu] 前接名詞，從說話一方來看，指離聽話者近的人事物。
저 [jeo] 前接名詞，指離說話者跟聽話者都遠的人事物。
어느 [eo.neu] 前接名詞，指範圍不確定的人事物。

這位是誰呢？

這	位	×	誰	是	呢
i	bu	ni	nu.gu	im.ni	kka

「例句」 이 분 이 누구 입니 까 ?

衣　樸　妮　努.姑　因.妮　嘎

（我）喜歡那個。

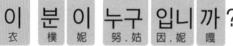

那個	×	喜歡
geu.geo	seur	jo.a.ham.ni.da

「例句」 그것 을 좋아합니다 .

古.勾　思　兒秋.阿.哈母.妮.打

那棟建築物是我們的校舍。

那棟	建築物	×	我們	校舍	是
jeo	geon.mu	ri	u.ri	hak.ggyo	im.ni.da

「例句」 저 건물 이 우리 학교 입니다 .

走　滾.木　里　無.里　哈.叫　因.妮.打

這裡是哪裡呢？

這裡	×	哪裡	是	呢
yeo.gi	neun	eo.di	im.ni	kka

「例句」 여기 는 어디 입니 까 ?

有.給　能　喔.低　因.妮　嘎

02 指示連體詞

「이[i]（這），그[geu]（那），저[jeo]（那），어느[eo.neu]（哪）」像連體嬰後面必須要接名詞，不能單獨使用，所以又叫指示連體詞。韓國人在喊別人時，也會用「저[jeo]～」（喂～），一邊思考一邊說話的，也會說「그[geu]～」（嗯～）。

喜歡這道料理。

「例句」

那份套餐多少錢？

「例句」

那雙鞋多少錢？

「例句」

喜歡哪本書呢？

「例句」

53

03 事物指示代名詞

　　將「이 [i]、그 [geu]、저 [jeo]、어느 [eo.neu]」加上表示事物的「것 [geot]」就成為事物指示代名詞「이것 [i.geot]、그것 [geu.geot]、저것 [jeo.geot]、어느것 [eo.neu.geot]」，來指示事物。

這是蘋果。

這	×	蘋果	是
i.geo	seun	sa.gwa	im.ni.da

「例句」

이것	은	사과	입니다 .
衣 . 勾	順	莎 . 瓜	因 . 妮 . 打

那很貴嗎？

那	×	很貴嗎？
geu.geo	seun	bi.ssa.yo

「例句」

그것	은	비싸요 ?
古 . 勾	順	比 . 撒 . 喲

那不是麵包。

那	×	麵包	×	不是
jeo.geo	seun	ppang	i	a.ni.ye.yo

「例句」

저것	은	빵	이	아니예요 .
走 . 勾	順	幫	衣	阿 . 妮 . 也 . 喲

筆記本是哪個？

筆記本	×	哪個	是	?
no.teu	neun	eo.neu.geo	sim.ni	kka

「例句」

노트	는	어느것	입니	까 ?
奴 . 特	能	喔 . 呢 . 勾	心 . 妮	嘎

04 場所指示代名詞

　　場所指示代名詞，有些不一樣，「여기 [yeo.gi]、거기 [geo.gi]、저기 [jeo.gi]、어디 [eo.di]」。這一回我們來介紹韓語的存在詞。存在詞就是表示有某人事物或是沒有某人事物的詞。

哥哥！（看）這裡！

哥哥	這裡
o.ppa	yeo.gi.yo
오빠 ~	여기요 !
歐 . 巴	有 . 給 . 喲

「例句」

這裡是首爾。

這裡	×	首爾	是
yeo.gi	neun	seo.u	rim.ni.da
여기	는	서울	입니다 .
有 . 給	能	瘦 . 無	林 . 妮 . 打

「例句」

那裡是便利商店。

那裡	×	便利商店	是
geo.gi	neun	pyeo.ni.jeo	mi.ye.yo
거기	는	편의점	이예요 .
勾 . 給	能	騙 . 妮 . 走	迷 . 也 . 喲

「例句」

那裡是郵局。

那裡	×	郵局	是
jeo.gi	neun	u.che.gu	gi.e.yo
저기	는	우체국	이에요 .
走.給	能	無.切.姑	給.也.喲

「例句」

廁所在哪裡？

廁所	×	哪裡	在	呢
hwa.jang.si	reun	eo.di	im.ni	kka
화장실	은	어디	입니	까 ?
化.張.細	輪恩	喔.低	因.妮	嘎

「例句」

---

1 照語順寫句子 依照下面的語順，改成一個完整的韓語句子。

1. 這裡 → 百貨公司 → 是
   　　　　백화점

_____

2. 這 → 蘋果 → 是
   　　　사과

_____

3. 那 → 我的 → 筆記本 → 是。
   　　　제　　　노트

_____

2 排排看 請把盒子裡的字，排成正確的句子。

1. _____

저기＝那裡；화장실＝廁所

2. _____

아버지＝父親；
샐러리맨＝上班族

3 翻譯練習 請把中文句子翻譯成為韓語。

1. 爸爸是社長。　　　　　　　　　　　社長＝사장

_____

2. 這是錢包。　　　　　　　　　　　　錢包＝지갑

_____

第一課　行為的對手、目標 ⊚T9
（一）一個補語

　　韓語說「我跟她結婚。」，就說「나는 그녀와 결혼합니다」，述語動詞「결혼합니다」（結婚），前面要接的是補語（結婚的對象）「그녀」（她），補語助詞要用「와[wa]/과[gwa]」（跟），「母音＋와；子音＋과」。

　　所以「我跟她結婚。」的韓語語順是將介詞「跟」移到「她」的後面。

　　中文的介詞「跟」，在這裡相當於韓語助詞「와」，而這句有補語的動詞句，助詞是「와」。助詞要接在補語後面，所以「跟」當然要在「她」的後面啦！語順是，

> 主體는＋對手와/과＋動作。

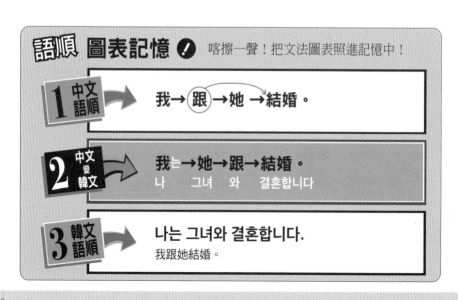

語順 圖表記憶 ✏ 喀擦一聲！把文法圖表照進記憶中！

1 中文語順　　我→跟→她→結婚。

2 中文變韓文　　我는→她→跟→結婚。
　　　　　　　　나　그녀　와　결혼합니다

3 韓文語順　　나는 그녀와 결혼합니다.
　　　　　　　　我跟她結婚。

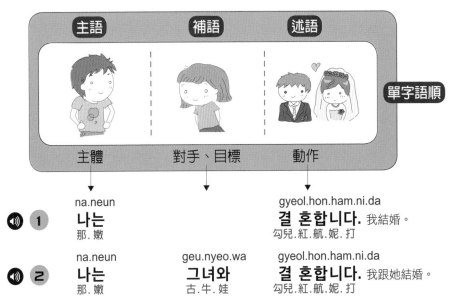

主語	補語	述語
主體	對手、目標	動作

1 na.neun
나는
那.嫩

gyeol.hon.ham.ni.da
결 혼합니다. 我結婚。
勾兒.紅.航.妮.打

2 na.neun
나는
那.嫩

geu.nyeo.wa
그녀와
古.牛.娃

gyeol.hon.ham.ni.da
결 혼합니다. 我跟她結婚。
勾兒.紅.航.妮.打

「와」（跟）前面接對象，表示跟這個對象互相進行某動作，例如：結婚、吵架或偶然在哪裡碰面等，必須有對象才能進行的動作。

看漫畫比比看

1 나는 결혼합니다.
我結婚。

2 나는 그녀와 결혼합니다.
我跟她結婚。

例句（1）只提到我要結婚了，卻沒有提到要和誰結婚；例句（2）看前面是她，就清楚知道我的結婚對象是她啦！

（二）兩個補語

　　結婚戒指，是一個很特別的珠寶，因為它代表的是一生的回憶，一旦戴上了就要負起對彼此的信任跟誓言喔！

　　有些動詞述語只有一個補語，有些就有兩個補語。例如「我送了某物給某人」，「某人」是間接補語，在前面；「某物」是直接補語，就要在後面。

　　因此，「我送了戒指給她。」的韓語語順是將動詞「送了」先移到句尾，表示物的直接補語「戒指」移到動詞前，表示人的「她」要在「戒指」之前，介詞「給」要接在「她」的後面。語順是，

> 主體는＋間接對象（人）에게＋直接對象（物）를＋動作。

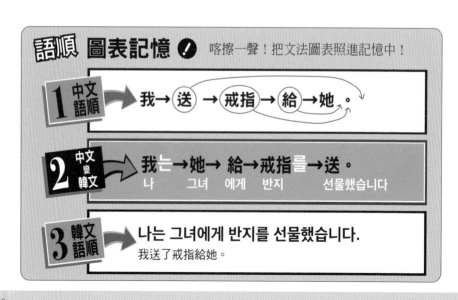

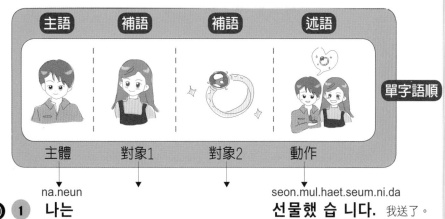

主語	補語	補語	述語
主體	對象1	對象2	動作

1 🔊
na.neun
나는
那.嫩

seon.mul.haet.seum.ni.da
선물했 습 니다. 我送了。
松.母.内.師母.妮.打

2 🔊
na.neun
나는
那.嫩

ban.ji.reur
반지를
胖.奇.入

seon.mul.haet.seum.ni.da
선물했 습 니다. 我送了戒指。
松.母.内.師母.妮.打

3 🔊
na.neun
나는
那.嫩

geu.nyeo.e.ge
그녀에게
古.牛.愛.給

ban.ji.reur
반지를
胖.奇.入

seon.mul.haet.seumni.da
선물했 습 니다. 我送了戒指給她。
松.母.内.師母.妮.打

　　我們來比較一下，助詞「에게 」（給）是指單一方給另一方的動作；助詞「와」（跟）是指結婚啦！吵架啦！一個人沒辦法做的雙方相互的動作。

看漫畫比比看

1 나는 선물했습니다.
　　我送了。

2 나는 반지를 선물했습니다.
　　我送了戒指。

3 나는 그녀에게 반지를 선물했습니다.
　　我送了戒指給她。

　　例句（1）只提到「我送了」，但不知道送什麼禮物；例句（2）加入一個補語，直接對象的「指輪」，知道動詞述語「送」的對象是「指輪」，就知道男性送出的是戒指；例句（3）再加入第二個補語，間接對象的「她」，更清楚知道「送戒指」這個動作，是要給「她」的。

1 照語順寫句子　依照下面的語順，改成一個完整的韓語句子。

1. 他 → 教授 → 跟 → 見面
　　　　教授　　　　萬납니다

_____

2. 我們 → 他 → 給 → 禮物 → 送
　　우리들　　　　　　선물　　주었습니다

_____

3. 我 → 她 → 給 → 電子郵件 → 寄
　　　　　　　　　　메일　　　보냈습니다

_____

2 排排看　請把盒子裡的字，排成正確的句子。

1. _____

선생님＝老師；상의합니다＝商量

2. _____

친구＝朋友；책＝書；
빌려줬습니다＝借（給）

　　行為的目的之外，還有一個很重要的是，行為所往的場所、行為所開始的場所，句中的位置要在述語的前面。

　　但是，行為跟所往、所開始的場所，兩者到底是什麼關係。那就需要有「往、從」這樣的記號，表示行為的補語助詞了。這一單元先介紹「에 [e]」（往）、「에서 [e.seo]」（從）這兩個助詞。

　　「我往公園跑。」語順是把動詞述語的「往」移到句尾，然後補語的所往的場所「公園」以助詞「에」（往）來表示。語順是，

主體는＋場所에＋ 動作。

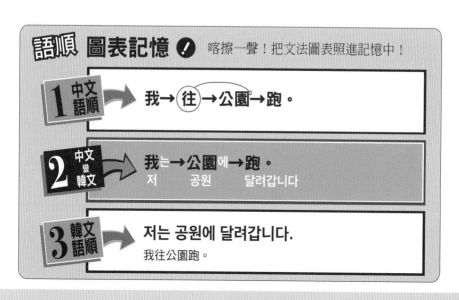

語順 圖表記憶 ❗ 喀擦一聲！把文法圖表照進記憶中！

1 中文語順　我→往→公園→跑。

2 中文變韓文　我는→公園에→跑。
　　　　　　　저　　公園　　달려갑니다

3 韓文語順　저는 공원에 달려갑니다.
　　　　　　　我往公園跑。

主語　　　　　補語　　　　述語

單字語順

主體　　　　　場所　　　　動作

jeo.neun　　　gong.wo.ne　　dal.lyeo.gam.ni.da

1 저는　　　　공원에　　　달려 갑 니다. 我往公園跑。
走.嫩　　　　工.我.內　　打.溜.卡母.妮.打

jeo.neun　　　gong.wo.ne.seo　dal.lyeo.gam.ni.da

2 저는　　　　공원에서　　달려 갑 니다. 我從公園開始跑。
走.嫩　　　　工.我.內.手　打.溜.卡母.妮.打

　　「에」（往）表示動作、行為的方向。「에서」（從…開始）表示動作的起點，也表示動作所在的場所，相當於中文的「在」。

看漫畫比比看

1 저는 공원에 달려갑니다.
我往公園跑。

2 저는 공원에서 달려갑니다.
我從公園開始跑。

　　例句（1）補語助詞用「에」，強調動作到達的場所是「公園」。（2）補語助詞用「에서」強調動作起點是「公園」。

（二）目的

　　自助旅行到首爾玩，有時候坐錯車，反而讓人更加興奮，因為可以欣賞到旅遊書，沒有介紹的地方，那種地方常常會有讓人意想不到的好玩。

　　要說「我去首爾玩。」像這樣一個句子裡，同時要表現動作的方向（首爾）跟目的（玩），就用「…는 [neun]…에 [e]…러 [reo]」這樣的句型。語順是「主體는 + 方向에 + 目的러 + 動作」。

　　方向跟目的都是動作的補語，所以這個句子也是有兩個補語的句子。

　　「我去首爾玩。」韓語語順是，把動詞「去」往句尾移，至於方向的「首爾」跟目的的「玩」位置都不變。簡單吧！

> **主體는+方向에+目的러+ 動作。**

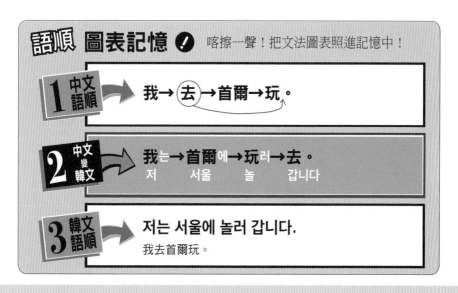

語順　圖表記憶 ✍ 喀擦一聲！把文法圖表照進記憶中！

1 中文語順　➡ 我→(去)→首爾→玩。

2 中文變韓文　➡ 我는→首爾에→玩러→去。
　　　　　　　　저　　서울　　놀　　갑니다

3 韓文語順　➡ 저는 서울에 놀러 갑니다.
　　　　　　　　我去首爾玩。

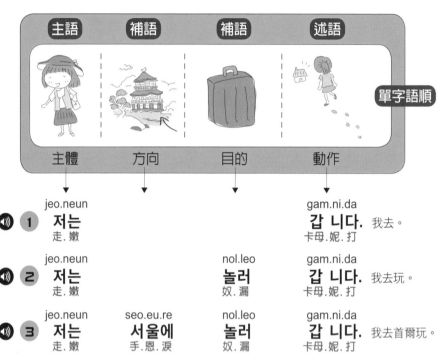

主語	補語	補語	述語
主體	方向	目的	動作

單字語順

	jeo.neun			gam.ni.da	
1	저는 走.嫩			갑 니다. 卡母.妮.打	我去。

	jeo.neun		nol.leo	gam.ni.da	
2	저는 走.嫩		놀러 奴.漏	갑 니다. 卡母.妮.打	我去玩。

	jeo.neun	seo.eu.re	nol.leo	gam.ni.da	
3	저는 走.嫩	서울에 手.恩.淚	놀러 奴.漏	갑 니다. 卡母.妮.打	我去首爾玩。

　　補語助詞「에」（去）表示移動的場所，補語助詞「러」表示移動的目的。「러」的前面要用動詞語幹，也就是把「다」拿掉。例如「놀다」（遊玩），就變成「놀」。

看漫畫比比看

1 저는 놀러 갑니다. 我去玩。	2 저는 서울에 놀러 갑니다. 我去首爾玩。

　　例句（1）不知道到哪裡玩；例句（2）看表示移動的場所「에」（去）的前面，清楚地知道，是到首爾玩。

練 習 問 題

1 照語順寫句子 依照下面的語順,改成一個完整的韓語句子。

1. 我 → 學校 → 去
　　　　學校
　　　　학교

_____

2. 弟弟 → 車站 → 從 → 走去
　　　　 역에서　　　　 걸어 갑니다

_____

3. 金明賢先生 → 蔬果店 → 買蔬菜 → 去
　　김명현씨　　　 야채 가게　　 야채사러

_____

2 排排看 請把盒子裡的字,排成正確的句子。

1. _____

　　　　　　　　　　　　　유원지=遊樂園

2. _____

　　　　　종로=鐘路;마시 =由「마시다」
　　　　　(喝) 的語幹拿掉「다」變化而來的

第三課　人與物的存在

（一）人與物的存在

　　韓語中，某物存在某處的句子，叫做存在句。語順也是基本句的「主語＋補語＋述語」。表示存在的述語動詞用用「있다 [it.tta]」。禮貌並尊敬的說法是「있습니다 [it.sseum.ni.da]」，客氣但不是正式的說法是「있어요 [i.sseo.yo]」。動詞的補語，也就是存在物用助詞「가 [ga] ／ 이 [i]」，存在處用助詞「에 [e]」來表示。

　　因此，「這裡有廁所。」韓語語順只要把存在動詞「有」移到句尾，句子就出來啦！存在句的語順是：

> 存在處에+物가/이+存在動詞。

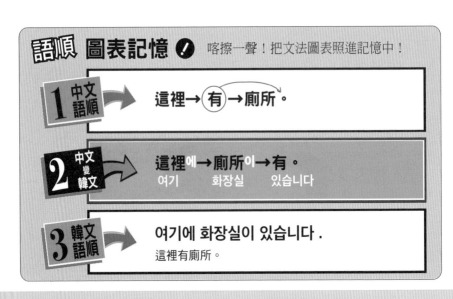

語順 圖表記憶 ❗ 喀擦一聲！把文法圖表照進記憶中！

1 中文語順 ➡ 這裡→(有)→廁所。

2 中文變韓文 ➡ 這裡에→廁所이→有。
여기　　化장실　　있습니다
（여기　　화장실　　있습니다）

3 韓文語順 ➡ 여기에 화장실이 있습니다．
這裡有廁所。

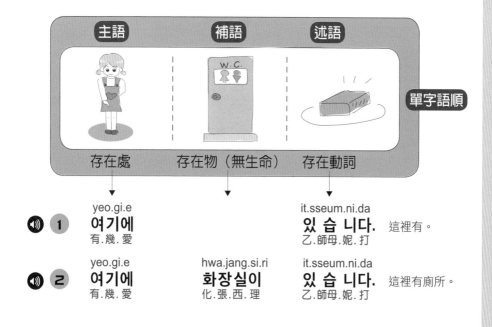

主語	補語	述語
存在處	存在物（無生命）	存在動詞

1
yeo.gi.e		it.sseum.ni.da
여기에		**있 습 니 다.**
有.幾.愛		乙.師母.妮.打

這裡有。

2
yeo.gi.e	hwa.jang.si.ri	it.sseum.ni.da
여기에	**화장실이**	**있 습 니 다.**
有.幾.愛	化.張.西.理	乙.師母.妮.打

這裡有廁所。

看漫畫比比看

1 여기에 있습니다.
這裡有。

2 여기에 화장실이 있습니다.
這裡有廁所。

　　例句（1）只提到「這裡有」，但不知道有什麼；例句（2）明確地在存在動詞前面，加入存在物「廁所」，知道這裡有的是廁所了。

（二） 人與物的不存在

「他不在那裡。」、「庭院裡沒有蛇。」等等，表示「某人或動物不存在某處」要怎麼說呢？

上一單元提到的存在句是「某物存在某處」，至於表示沒有某人事物的存在，韓語用「없다 [eop.tta]」（不在）。禮貌並尊敬的說法是「없습니다 [eop.sseum.ni.da]」，客氣但不是正式的說法是「없어요 [eop.seo.yo]」。

因此，「某人存不在某處」的不存在句，只要把動詞改成「없습니다 [eop.sseum.ni.da]」就可以了，當然這裡的存在物也是用助詞「가 [ga] / 이 [i]」，存在處也是用助詞「에 [e]」來表示。

要說「他不在那裡。」韓語語順只要把存在處「那裡」移到句首，就是啦！語順是：

> 存在處에+人가/이+不存在動詞。

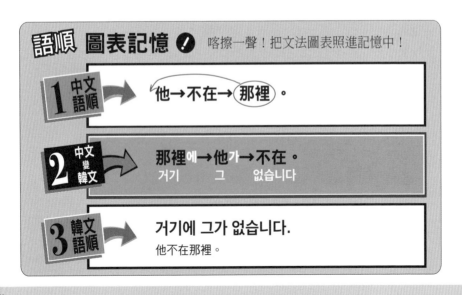

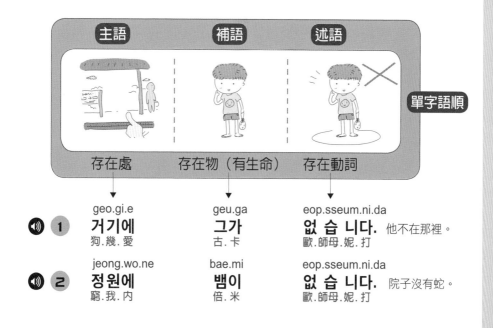

主語	補語	述語
存在處	存在物（有生命）	存在動詞

單字語順

1
geo.gi.e
거기에
狗.幾.愛

geu.ga
그가
古.卡

eop.sseum.ni.da
없 습 니 다. 他不在那裡。
歐.師母.妮.打

2
jeong.wo.ne
정원에
窮.我.內

bae.mi
뱀이
倍.米

eop.sseum.ni.da
없 습 니 다. 院子沒有蛇。
歐.師母.妮.打

看漫畫比比看

1 거기에 그가 없습니다.
他不在那裡。

2 정원에 뱀이 없습니다.
院子沒有蛇。

　　例句（1）表示某人不存在某處，不存在動詞當然是「**없습니다**」；
例句（2）不存在的是「蛇」也是用「**없습니다**」囉！

（三）所有

表示存在動詞「있습니다 [it.sseum.ni.da]」（有、在），不只是「存在」的意思，也有「所有」之意。句型是：「人는 [neun]＋物이 [i]/가 [ga]＋있습니다」。首先「는」前面的主語不是場所名詞，而是所有者。「이 [i]/가 [ga]」前面是補語的所有物，述語「있습니다」表示所有。

因此，「我有照相機」的韓語語順，很單純！就是將動詞「有」往句尾移就行啦！語順是：

> 所有人는＋所有物이／가＋所有動詞。

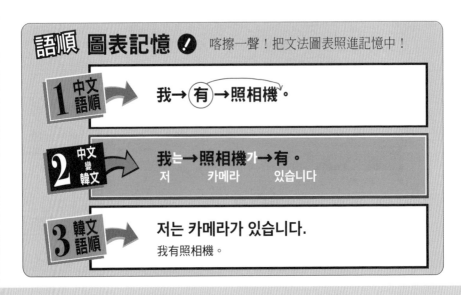

語順 圖表記憶 ✓ 喀擦一聲！把文法圖表照進記憶中！

1 中文語順 　我 → 有 → 照相機 。

2 中文變韓文 　我 는 → 照相機 가 → 有 。
저　　　카메라　　　있습니다

3 韓文語順 　저는 카메라가 있습니다.
我有照相機。

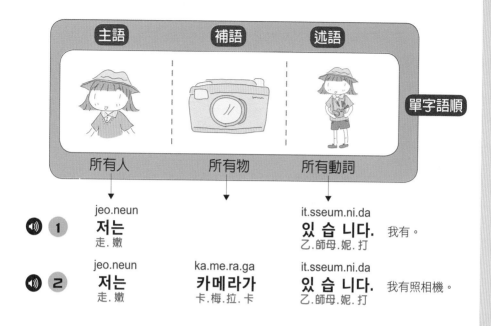

主語	補語	述語

單字語順

所有人　　　　　　所有物　　　　　　所有動詞

1
jeo.neun
저는
走.嫩

it.sseum.ni.da
있 습 니 다.
乙.師母.妮.打

我有。

2
jeo.neun
저는
走.嫩

ka.me.ra.ga
카메라가
卡.梅.拉.卡

it.sseum.ni.da
있 습 니 다.
乙.師母.妮.打

我有照相機。

看漫畫比比看

1 저는 있습니다.
我有。

2 저는 카메라가 있습니다.
我有照相機。

　　例句（1）用所有動詞「**있습니다**」，表示「我擁有」之意，但不知道擁有什麼；例句（2）句中加入了所有物「**카메라**」（照相機），並用助詞「**가**」表示，知道擁有的是「照相機」。

---

1 **照語順寫句子** 依照下面的語順，改成一個完整的韓語句子。

1. <u>教室</u> → <u>學生</u> → <u>有</u>
   교실　　　학생

   _____

2. <u>男孩子</u> → <u>手機</u> → <u>有</u>
   사내아이　　휴대폰

   _____

2 **排排看** 請把盒子裡的字，排成正確的句子。

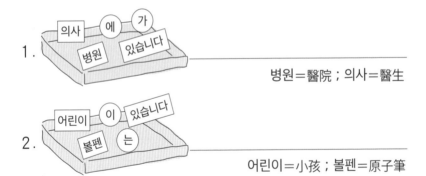

1. _____

   병원＝醫院；의사＝醫生

2. _____

   어린이＝小孩；볼펜＝原子筆

3 **翻譯練習** 請把中文句子翻譯成為韓語。

1. 那裡有冰箱。　　　　　　　　　　　　冰箱＝냉장고

   _____

2. 家裡有狗。　　　　　　　　　　　　　狗＝개

   _____

第四課 行為的出發點、方向、到達點

　　要從家裡出門啦！往山上去啦！到山上啦！也就是行為跟場所之間的關係，需要有介詞「從、往、到」在中間穿針引線的。這些介詞相當於韓語的助詞「에서 [e.seo]、로 [ro]／으로 [eu.ro]、까지 [kka.ji]」。

　　「에서」（從）、「로／으로」（往）「까지」（到）等助詞要放在場所的後面，來表示句中的補語，以補充說明後面的行為（述語）。

　　要說「我從家裡去。」韓語語順是，將相當於助詞的「從」移到「家裡」的後面就行了。

主體는＋起點에서＋動作。

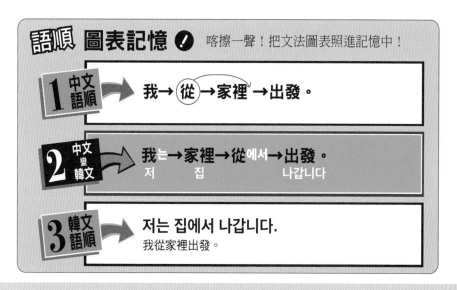

語順 圖表記憶 喀擦一聲！把文法圖表照進記憶中！

1 中文語順 我→從→家裡→出發。

2 中文變韓文 我 는 →家裡→從 에서 →出發。
　　　　　저　　집　　　　나갑니다

3 韓文語順 저는 집에서 나갑니다.
我從家裡出發。

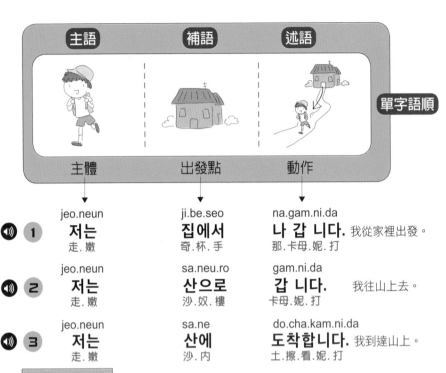

主語	補語	述語
主體	出發點	動作

單字語順

1 　jeo.neun　　　　ji.be.seo　　　　na.gam.ni.da
　　저는　　　　　집에서　　　　나 갑 니 다. 我從家裡出發。
　　走.嫩　　　　奇.杯.手　　　那.卡母.妮.打

2 　jeo.neun　　　　sa.neu.ro　　　gam.ni.da
　　저는　　　　　산으로　　　　갑 니 다. 　　我往山上去。
　　走.嫩　　　　沙.奴.樓　　　卡母.妮.打

3 　jeo.neun　　　　sa.ne　　　　　do.cha.kam.ni.da
　　저는　　　　　산에　　　　　도착합니다. 我到達山上。
　　走.嫩　　　　沙.內　　　　土.擦.看.妮.打

看漫畫比比看

1 저는 집에서 나갑니다.
　我從家裡出發。

2 저는 산으로 갑니다.
　我往山上去。

3 저는 산에 도착합니다.
　我到達山上。

　　例句（1）的「에서」重點在動作的起點；例句（2）的「으로」重點在「動作的方向、經過的地點」；例句（3）「에」重點在「動作的終點」。

助詞的圖像

에
表示動作的
終點。

에서
表示動作的
場所。

에서
表示動作的
起點。

「에서」有動作的場所及起點的意思喔！

집에 들어갑니다 .
進入家裡。

집에서 공부합니다 .
在家裡念書。

집에서 나갑니다 .
從家裡出來。

1 照語順寫句子　依照下面的語順，改成一個完整的韓語句子。

1. <u>男人</u> → <u>沙發</u> → <u>到</u> → <u>坐</u>
　　남자　　　소파　　　　　앉습니다

_____

2. <u>哥哥</u> → <u>隧道</u> → <u>從</u> → <u>出來</u>
　　　　　　터널　　　　　　나갑니다

_____

2 排排看　請把盒子裡的字，排成正確的句子。

1. _____

　　　　　　　　　　방＝房間；들어갑니다＝進去

2. _____

　　　　　　　　　　우체국＝郵局

3 翻譯練習　請把中文句子翻譯成為韓語。

1. 我下公車。　　　　　公車＝버스；下來＝내립니다

_____

2. 我到國外去。　　　　國外＝해외

第五課　結果

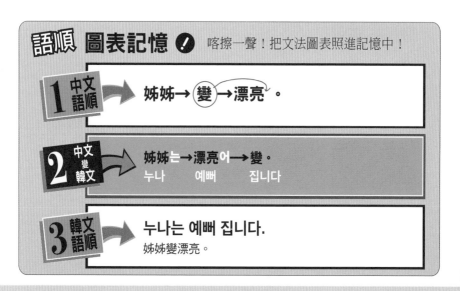

韓語中，要表示從某一程度、狀態變成另一種程度、狀態，如果是接形容詞語幹後面的話用「아 [a] / 어 [eo] 지다 [ji.da]」（變成），禮貌並尊敬的說法是「집니다 [jim.ni.da]」，客氣但不是正式的說法是「져요 [jeo.yo]」。「陽母音＋아；陰母音＋어」。

如果接名詞的話用「가 [ga]/ 이 [i] 되다 [doe.da]」（變成），禮貌並尊敬的說法是「됩니다 [doem.ni.da]」，客氣但不是正式的說法是「돼요 [dwae.yo]」。「母音＋가；子音＋이」。

有變化就會有結果，變成怎麼樣呢？我們先看變化句型：「變化者는結果아 / 어 집니다」。

變化動詞前面，就是變化的結果了，這個結果就是句中的補語。所以，要說「姊姊變漂亮了。」韓語語順是，把變化動詞的「變」移到「漂亮」之後，就可以啦！

主體는 ＋ 結果아 / 어 ＋ 變化動詞。

語順 圖表記憶 ❗ 喀擦一聲！把文法圖表照進記憶中！

1 中文語順 ➡ 姊姊→變→漂亮。

2 中文變文韓文 ➡ 姊姊는→漂亮어→變。
누나　　예뻐　　집니다

3 韓文語順 ➡ 누나는 예뻐 집니다.
姊姊變漂亮。

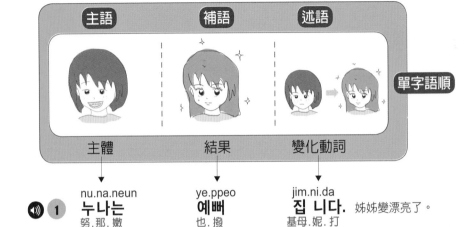

主語	補語	述語
主體	結果	變化動詞

nu.na.neun

1 누나는
努.那.嫩

ye.ppeo

예뻐
也.撥

jim.ni.da

집 니다. 姊姊變漂亮了。
基母.妮.打

nu.na.neun

2 누나는
努.那.嫩

sa.hoe.i.ni

사회인이
沙.會.衣.妮

doem.ni.da

됩니다. 姊姊成為社會人士。
洞.妮.打

　　形容詞「예쁘다」漂亮後面接「아／어 집니다」，要把詞尾的「다」去掉，剩下「예쁘」，但是形容詞語幹以母音「ㅡ」結尾，後面又接「어」時，母音「ㅡ」會脫落，因此變成「예뻐」。也就是：

　　「예쁘다→예쁘（母音ㅡ脫落）→예ㅃ＋어＝예뻐」。

看漫畫比比看

1 누나는 예뻐 집니다.
姊姊變漂亮了。

2 누나는 사회인이 됩니다.
姊姊成為社會人。

練習問題

----

1 **照語順寫句子**　依照下面的語順，改成一個完整的韓語句子。

　1. 頭髮 → 長 → 變
　　머리　길다

　　_____

　2. 弟弟 → 帥 → 變
　　남동생　멋있다

　　_____

2 **排排看**　請把盒子裡的字，排成正確的句子。

　1.　작가　되었습니다　선배　는　가

　　_____

　　선배＝前輩；작가＝作家

　2.　졌습니다　건강해　할머니　는

　　_____

　　건강하다 ＝健康

3 **翻譯練習**　請把中文句子翻譯成為韓語。

　1. 孩子的衣服變髒了。　　衣服＝옷；髒＝더럽다

　　_____

　2. 妹妹當了音樂家。　　音樂家＝음악가

　　_____

第六課 行為的原料、材料
（一）原料

鹽巴是怎麼來的呢？這時候要把原料放在動詞述語之前，當作動詞的補語，而原料後面要用助詞來表示。

製作什麼東西時，使用的原料跟材料，助詞都用「로 [ro]」（從…，用…）。

「鹽巴是從海水製成的。」韓語語順是，將相當於助詞的「從」移到原料之後，就可以了。語順是，

主體은 ＋ 原料로 ＋ 動作。

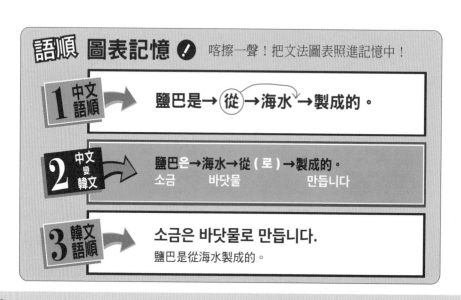

語順 圖表記憶 ✎ 喀擦一聲！把文法圖表照進記憶中！

1 中文語順 ➡ 鹽巴是→從→海水→製成的。

2 中文變韓文 ➡ 鹽巴은→海水→從（로）→製成的。
소금　　바닷물　　　　만듭니다

3 韓文語順 ➡ 소금은 바닷물로 만듭니다.
鹽巴是從海水製成的。

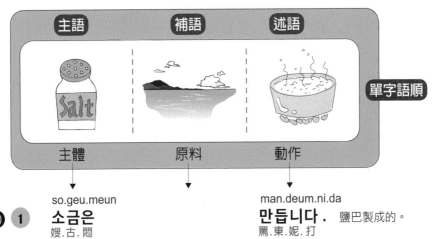

主語	補語	述語

單字語順

主體　　　　　原料　　　　　動作

1 so.geu.meun　　　　　　　　　　man.deum.ni.da
소금은　　　　　　　　　　　　만듭니다.　鹽巴製成的。
嫂.古.悶　　　　　　　　　　　　罵.東.妮.打

2 so.geu.meun　　ba.dan.mul.lo　　man.deum.ni.da
소금은　　　바닷물로　　　만듭니다.　鹽巴是從海水
嫂.古.悶　　拔.蛋.母.樓　　罵.東.妮.打　製成的。

83

（二）材料

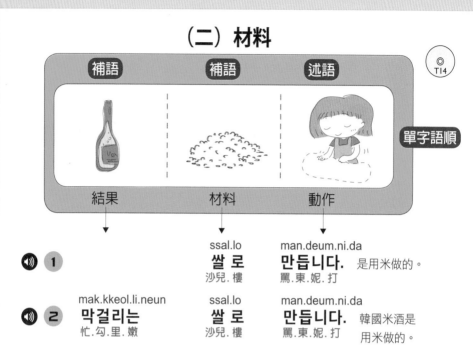

| 補語 | 補語 | 述語 |

單字語順

| 結果 | 材料 | 動作 |

🔊 **1**
	ssal.lo	man.deum.ni.da	
	쌀 로	**만듭니다.**	是用米做的。
	沙兒.樓	罵.東.妮.打	

🔊 **2**
mak.kkeol.li.neun	ssal.lo	man.deum.ni.da	
막걸리는	**쌀 로**	**만듭니다.**	韓國米酒是
忙.勾.里.嫩	沙兒.樓	罵.東.妮.打	用米做的。

「로」要放在材料的後面，來表示句中的補語。

看漫畫比比看

1 소금은 바닷물로 만듭니다.
鹽巴是從海水製成的。

2 막걸리는 쌀로 만듭니다.
韓國米酒是用米做的。

例句（1）的「로」表示原料；例句（2）的「로」表示材料。

1 照語順寫句子　依照下面的語順，改成一個完整的韓語句子。

1. 玻璃 → 用 → 椅子 → 做
　　유리　　　　　의자

_____

2. 葡萄酒 → 葡萄 → 從 → 製成的
　　와인　　　포도　　　　만들었습니다

_____

2 排排看　請把盒子裡的字，排成正確的句子。

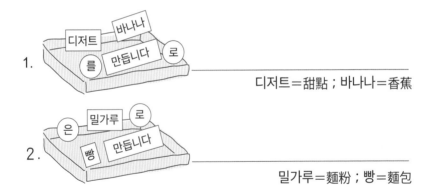

1. _____
　　디저트＝甜點；바나나＝香蕉

2. _____
　　밀가루＝麵粉；빵＝麵包

3 翻譯練習　請把中文句子翻譯成為韓語。

1. 用樹木做筷子。　　　　　　　　　　　筷子＝젓가락

_____

2. 酒是從米製成的。　　　　　　　酒＝술；米＝쌀

_____

第七課　比較的對象
（一）事物

◎ T15

　　哪個地方比哪個地方怎麼樣啦！誰比誰還大啦！誰比誰還有錢啦！要比較就用助詞「보다 [bo.da]」（比）。比較的對象要在述語的前面，當作述語的補語。「보다」要接在比較對象的後面。

　　所以「首爾比釜山冷。」韓語語順是，把相當於助詞的「比」移到比較的對象「釜山」的後面，就行啦！語順是，

> 主體은＋比較對象보다＋狀態。

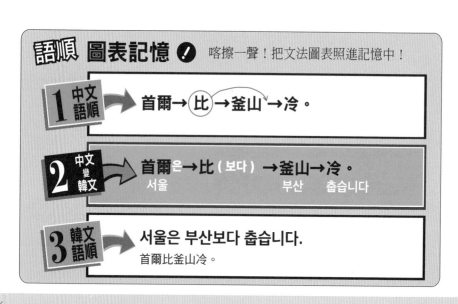

語順 圖表記憶 ❗ 喀擦一聲！把文法圖表照進記憶中！

1 中文語順 ➡ 首爾→⌢比⌣→釜山→冷。

2 中文變韓文 ➡ 首爾은→比 (보다) →釜山→冷。
서울　　　　　　　부산　춥습니다

3 韓文語順 ➡ 서울은 부산보다 춥습니다.
首爾比釜山冷。

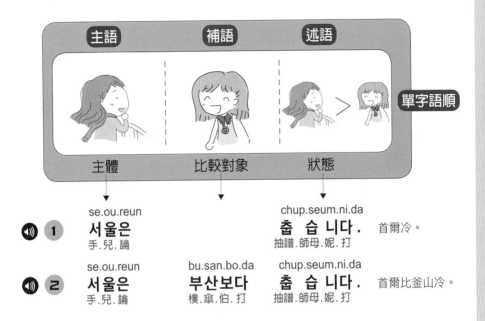

主語	補語	述語
主體	比較對象	狀態

單字語順

1 　se.ou.reun
　서울은
　手.兒.論　　　　　　　　　　　chup.seum.ni.da
　　　　　　　　　　　　　　　춥 습 니 다 .　　首爾冷。
　　　　　　　　　　　　　　　抽譜.師母.妮.打

2 　se.ou.reun　　bu.san.bo.da　chup.seum.ni.da
　서울은　　　　부산보다　　춥 습 니 다 .　首爾比釜山冷。
　手.兒.論　　　樸.傘.伯.打　抽譜.師母.妮.打

看漫畫比比看

1 서울은 춥습니다.
首爾冷。

2 서울는 부산보다 춥습니다.
首爾比釜山冷。

　　例句（1）只是單純地說「首爾冷。」；例句（2）加入補語跟補語助詞「부산보다」（比釜山），知道「首爾」比較的對象是「釜山」。

（二）人物

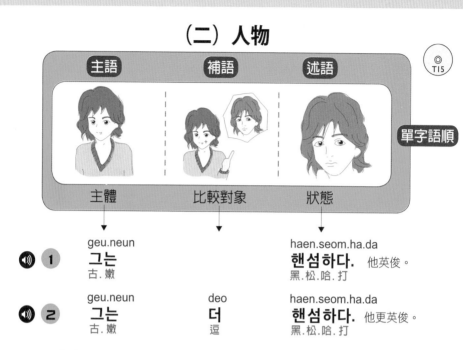

主語	補語	述語	T15
主體	比較對象	狀態	單字語順

1
geu.neun
그는
古.嫩

haen.seom.ha.da
핸섬하다. 他英俊。
黑.松.哈.打

2
geu.neun
그는
古.嫩

deo
더
逗

haen.seom.ha.da
핸섬하다. 他更英俊。
黑.松.哈.打

「더」也是表示比較的助詞。表示跟比較的對象比起來，程度更大，數量更多。

練習問題

---

1 照語順寫句子　依照下面的語順，改成一個完整的韓語句子。

1. 今天 → 昨天 → 比 → 寒冷
   오늘　　어제　　　춥습니다

   _____

2. 韓國男性 → 更 → 體貼
   한국남자　　　　상냥합니다

   _____

2 排排看　請把盒子裡的字，排成正確的句子。

1. _____

도시＝城市；번화합니다＝熱鬧；
시골＝鄉下

2. _____

누나＝姊姊；젊습니다＝年輕

3 翻譯練習　請把中文句子翻譯成為韓語。

1. 這個比那個簡單。　　　　　　　簡單＝쉽습니다

   _____

2. 他更有錢。　　　　　　　　　　有錢＝부자입니다

   _____

第一課　時間變形句

　　我們說「聊天」就是聊天氣啦！從天氣切入，往往就能輕鬆打開話匣子！

　　韓語表示過去、現在、未來的時間，是以說話的那個時間點為基準來判斷的。要表示過去、現在、未來的時間，韓語的動詞要進行變化。過去式動詞的變化方式是，用「았다 [at.tta] / 었다 [eot.tta]」（過去），未來式是用「ㄹ [r] / 을 [eur] 것이다 [geot.i.tta]」（…吧），現在進行式用「고 있다 [go.it.tta]」（正在…）。

　　「어제는 비가 내렸습니다.」（昨天下雨了。）「었다 / 었습니다」是過去式的語尾。這樣的句子又叫過去變形句。這句的韓語語順，是把表示過去的動詞「下了」往句尾移。語順是，

> 主體는+關連內容가+述語（時間變形）。

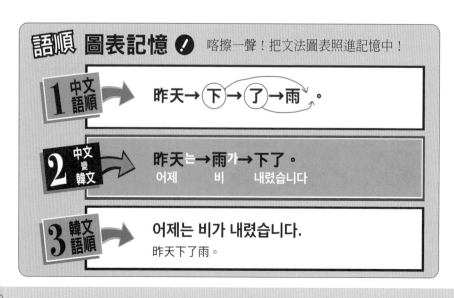

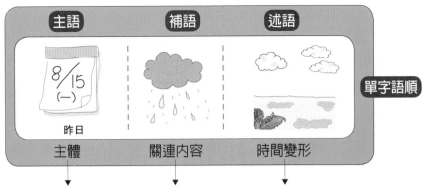

主語　　　　　補語　　　　　述語

單字語順

主體　　　　關連內容　　　　時間變形

nae.rim.ni.da
🔊 1 （時間不明）　　　　　　　　　**내 립 니다.**　　下…。
　　　　　　　　　　　　　　　内.力母.妮.打

eo.je.neun　bi.ga　nae.ryeot.seum.ni.da
🔊 2 （過去）　**어제는**　**비가**　**내렸 습 니다.**　昨天下了雨。
　　　　　喔.姊.嫩　皮.卡　内.留.師母.妮.打

nae.i.reun　bi.ga　nae.ril.geo.sim.ni.da
🔊 3 （未來）　**내일은**　**비가**　**내릴 것입니다.** 明天會下雨吧。
　　　　　内.衣.論　皮.卡　内.立兒 狗.心.妮.打

ji.geu.meun　bi.ga　nae.ri.go.it.seum.ni.da
🔊 4 （現在）　**지금은**　**비가**　**내리고 있 습 니다.** 現在，正在下雨。
　　　　　奇.古.悶　皮.卡　内.理.夠 乙.師母.妮.打

看漫畫比比看

1 내립니다.
下…。

2 어제는 비가 내렸습니다.
昨天下了雨。

3 내일은 비가 내릴
것입니다.
明天會下雨吧。

4 지금은 비가 내리고 있습니다.
現在，正在下雨。

（1）過去式，用「**았다／었다**」（過去）表示事情已經過去了，是在說話之前的事。動詞「**내리다**」（下雨）語尾就變成過去式的「**내렸다**」（下了雨）。因為「**내리다：내리＋었다＝내렸다**」（客氣且正式用「**내렸습니다**」）。

（2）未來式用「**ㄹ／을 것이다**」（…吧），表示事情還沒有發生，對未來的事進行推測的表現。動詞「**내리다**」（下雨）語尾就變成未來「**내릴 것입니다**」（應該下雨吧）。因為「**내리다：내리＋ㄹ 것이다＝내릴것이다**」（客氣且正式用「**내릴 것입니다**」）。

（3）現在式，用「**고 있다**」（正在…）表示事情正在發生。動詞「**내리다**」（下雨）語尾就變成現在式的「**내리고 있습니다**」（正在下雨）。因為「**내리다：내리＋고 있다＝내리고 있다**」（客氣且正式用「**내리고 있습니다**」）。

過去式	「**았다／었다**」（過去）	表示事情已經過去了
	動 詞：「**내리다**」（下雨）	
	過去式：「**내렸습니다 .**」（下了雨。）	
未來式	「**ㄹ／을 것이다**」（…吧）	表示事情還沒有發生
	動 詞：「**내리다**」（下雨）	
	未來式：「**내릴 것입니다 .**」（應該下雨吧。）	
現在式	「**고 있다**」（正在…）	表示事情正在發生
	動 詞：「**내리다**」（下雨）	
	現在式：「**내리고 있습니다 .**」（正在下雨。）	

用言的過去式

01 指定詞的過去式

指定詞的過去式，會根據前接詞的結尾是子音或母音而產生變化。原形是「였다 [yeot.tta]/ 이었다 [i.eot.tta]」，禮貌並尊敬的說法是「였습니다 [yeot.sseum.ni.da]/ 이었습니다 [i.eot.sseum.ni.da]」，客氣但不是正式的說法是「였어요 [yeo.sseo.yo]/ 이었어요 [i.eo.sseo.yo]」，隨便的說法是「였어 [yeo.sseo]/ 이었어 [i.eo.sseo]」。相當於中文的「（過去）是～；（曾經）是～」。

>
> **基本句型**
> 母音結尾的名詞＋였다 [yeot.tta]
> 子音結尾的名詞＋이었다 [i.eot.tta]

例句

■ 曾經是選手。

seon.s u　　　　　seon.s u　yeot.d a　　seon.su.yeot.d a
선 수 (選手) → 선 수 + 였다 .= 선수였다 .

■ 「那天」是生日。

saeng.i r　　　　　saeng.i r　　i .eot.d a　saeng. i . ri.eot.d a
생 일 (生日) → 생 일 + 이었다 .= 생일이었다 .

昨天生日。

昨天	×	生日	過
eo.je	ga	saeng.i	ri.eot.da
어제	가	생일	이었다 .
喔.姊	卡	先.衣	里.歐特.打

「例句」

那時候，我不是學生。

那時候	我	學生	×	不是
geu.ttae	nan	hak.saeng	i	a.ni.eo.sseo.yo
그때	난	학생	이	아니었어요 .
古.羹	難	哈.先	衣	阿.妮.喔.手.喲

「例句」

以上面的例子來作「합니다體、해요體、半語體」的話，變化如下：

	합 니 다 體	해 요 體	半 語 體
선수 [seon. su] (選手) →	선수였습니다 . [seon.su.yeot. seum.ni.da]	선수였어요 . [seon.su.yeo. sseo.yo]	선수였어 . [seon.su.yeo. sseo]
생일 [saeng.ir] (生日) →	생일이었습니다 . [saeng.i.ri.eot. seum.ni.da]	생일이었어요 . [saeng.ir.i.eo. sseo.yo]	생일이었어 . [saeng.i.ri. eo.sseo]

02 動詞・形容詞的過去式

　　動詞・形容詞的過去式要怎麼活用呢？那就看語幹的母音是陽母音，還是陰母音來決定了。只要記住陽母音就接「았 [at]」（裡面有「ㅏ」也是陽母音），陰母音就接「었 [eot]」（裡面有「ㅓ」是陰母音），就簡單啦！

> 基本句型　語幹是陽母音＋았다 [at.tta]
> 　　　　　語幹是陰母音＋었다 [eot.tta]

■ **知道了。**

알다 (知道) →알 (ㅏ是陽母音) →알 + 았다 = 알 았다 .
al.da　　　　ar　　　　　　　 ar　at.da　　a rat.da

■ **吃了。**

먹 다 (吃) → 먹 (ㅓ是陰母音) → 먹 + 었다 = 먹 었다 .
meok.da　　　 meog　　　　　　 meog　geot.da　 meog.eot.da

■ **寫了。**

쓰 다 (寫) → 쓰 (ㅡ是陰母音) →쓰 + 었다 = 쓰었다 (省略為 썼 다)
sseu.da　　　 sseu　　　　　 sseu　eot.da　sseu.eot.da　　　　　 sseot.da

■ **正確了。**

옳다 (正確的) →옳 (ㅗ是陽母音) → 옳 + 았다 = 옳았다 .
ol.da　　　　　 ol　　　　　　　 ol　at.da　 o.lat.da

■ **(過去) 寒冷。**

춥 다 (寒冷的) →춥 (ㅜ是陰母音) →춥 + 었다 = 추웠다 .
chup.da　　　　 chub　　　　　　 chub　eot.da　 chu.wot.da

買了土產。

土産	×	買了
seon.mu	reur	sat.seum.ni.da

「例句」

선물 을 샀습니다 .
松.木　路　殺特.師母.妮.打

坐計程車去了機場。

機場	到	計程車	坐	去了
gong.hang	kka.ji	taek.si	ro	ga.sseo.yo

「例句」

공항 까지 택시 로 갔어요 .
工.航　嘎.吉　特.細　樓　卡.手.喲

連續劇太棒啦！

連續劇	×	太棒啦
deu.ra.ma	ga	hul.lyung.hae.sseo.yo

「例句」

드라마 가 훌륭했어요 !
都.郎.馬　卡　呼兒.流.黑.手.喲

以上面的例子來作「합니다體、해요體、半語體」的話，變化如下：

	합 니 다 體	해 요 體	半 語 體
알았다 [ar.at.da] （知道）→	알았습니다 . [a.rat.seum. ni.da]	알았어요 . [a.ra.sseo.yo]	알았어 . [a.ra.sseo]
먹었다 [meog. eot.da]（吃）→	먹었습니다 . [meo.geot. seum.ni.da]	먹었어요 . [meo.geo.sseo. yo]	먹었어 . [meo.geo. sseo]
썼다 [sseot.da] （寫）→	썼습니다 . [sseot.seum. ni.da]	썼어요 . [sseo.sseo.yo]	썼어 . [sseo.sseo]

1 照語順寫句子　依照下面的語順，改成一個完整的韓語句子。

　1. 現在 → 雨 → 下 → 正在
　　　　　　비

　　_____

　2. 前天 → 地震 → 有 →了
　　　그저께　지진　일어나다

　　_____

2 排排看　請把盒子裡的字，排成正確的句子。

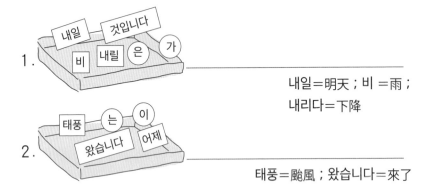

1. _____

　내일=明天；비 =雨；
　내리다=下降

2. _____

　태풍=颱風；왔습니다=來了

3 翻譯練習　請把中文句子翻譯成為韓語。

　1. **上禮拜下了雪。**　　　上禮拜=지난 주；雪=눈

　　_____

第二課　邀約變形句

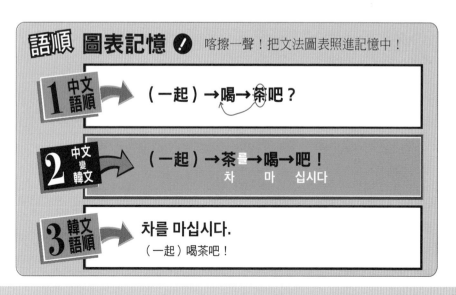

要勸誘同輩或晚輩跟自己一起做某事，例如邀請對方喝茶等等，述語的動詞就要在語幹後面接「ㅂ시다 [b.si.da] / 읍시다 [eup.ssi.da]」表示「做～吧」的意思。不過對長輩就不能用這一說法喔！接續方法是「母音＋ㅂ시다 / 子音＋읍시다」。「시다 [si.da]」本身就含有「一起」的意思。

另外還有一個句型也就是「動詞詞幹＋ㄹ까요 / 을까요」（做…吧）的形式，這是表示提出意見，詢問聽話者的意見來徵得對方的同意的用法。接續方式是「母音＋ㄹ까요 / 子音＋을까요」這個句型用在同事、朋友或熟識的上司之間。

因此，「（一起）喝茶吧！」的韓語語順，只要把「茶」放在動詞「喝」的前面就行啦！語順是，

> （一起）＋對象를＋動作ㅂ시다 /읍시다。

語順 圖表記憶 ❗ 喀擦一聲！把文法圖表照進記憶中！

1 中文語順　（一起）→喝→茶吧？

2 中文變韓文　（一起）→茶를→喝→吧！
　　　　　　　차　　마　십시다

3 韓文語順　차를 마십시다.
　　　　　　（一起）喝茶吧！

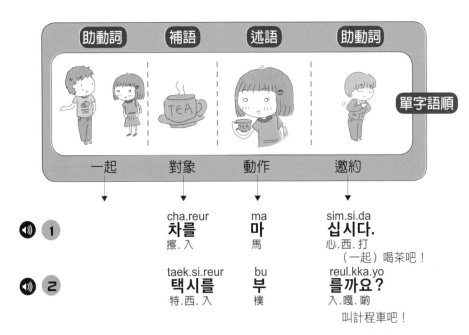

助動詞	補語	述語	助動詞

單字語順

一起	對象	動作	邀約

1
	cha.reur	ma	sim.si.da
	차를	**마**	**십시다.**
	擦.入	馬	心.西.打
			（一起）喝茶吧！

2
	taek.si.reur	bu	reul.kka.yo
	택시를	**부**	**를까요?**
	特.西.入	樸	入.嘎.喲
			叫計程車吧！

　　例句（2）的「부를 까요」是「부르다（呼叫）→부르＋ㄹ까요=부를까요」變化而來的。

看漫畫比比看

1 차를 마십시다.
　　一起喝茶吧！

2 택시를 부를 까요?
　　叫計程車吧！

　　例句（1）「ㅂ시다／읍시다」（做～吧）是邀約對方跟一起做某事，「시다」本身就含有「一起」的意思；例句（2）「ㄹ까요／을까요」（做…吧）一般用在詢問聽話者的意見來徵得對方同意的用法。

---

1 照語順寫句子 依照下面的語順，改成一個完整的韓語句子。

1. 一起 → 照片 → 拍攝 →吧
　　　　　사진　　찍는다

_____

2. 一起 → 家 → 回去→吧
　　　　집　　돌아간다

_____

2 排排看 請把盒子裡的字，排成正確的句子。

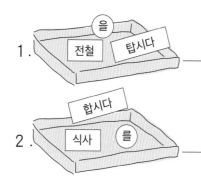

1. _____

전철＝電車；타다 ＝搭乘

2. _____

식사＝吃飯；하다＝用（餐）

3 翻譯練習 請把中文句子翻譯成為韓語。

1. 一起去學校吧！　　　　　　　學校＝학교；去＝가다

_____

2. 一起等他吧！　　　　　　　　等待＝기다리다

_____

 **第三課** **希望變形句**
(一) 고 싶다

T18

　　這一回我們來介紹一下「我想～」表示希望及願望的說法。使用時，將「고 싶다 [go.sip.tta]」接在動詞的後面，表示希望實現該動詞。禮貌並尊敬的說法用「고 싶습니다 [go.sip.sseum.ni.da]」，客氣但不是正式的說法用「고 싶어요 [go.si.peo.yo]」。接續方法，不管是母音結尾還是子音結尾都一樣「動詞語幹 + 고 싶다」。

　　所以，「我想吃石鍋拌飯。」的韓語語順，是把動詞「吃」往句尾移，然後把「想」放在動詞後面。語順是，

> 主體는/은等 ＋對象을/를＋動作고 싶다。

語順 圖表記憶 ❗ 喀擦一聲！把文法圖表照進記憶中！

1 中文語順 ➡ 我→⟮想⟯→⟮吃⟯→ 石鍋拌飯。

2 中文變韓文 ➡ 我는→石鍋拌飯을→吃→想
저　　　비빔밥　　　먹　고 싶습니다

3 韓文語順 ➡ 저는 비빔밥을 먹고 싶습니다.
我想吃石鍋拌飯。

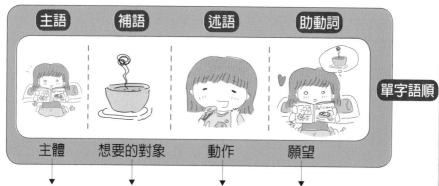

主語　　　補語　　　述語　　　助動詞

主體　　　想要的對象　　動作　　　願望

jeo.neun　bi.bim.ba.beur　meok.seum.ni.da

1 저는 　　비빔밥을 　먹 습 니다.　　我吃石鍋拌飯。
走.嫩　　皮.冰.拔.笨兒　摸.師母.妮.打

jeo.neun　bi.bim.ba.beur　　meok.kko.sim.seum.ni.da

2 저는 　　비빔밥을 　　먹고 　싶 습 니다.　我想吃石鍋拌飯。
走.嫩　　皮.冰.拔.笨兒　　摸.扣特　心.師母.妮.打

　　這裡的「저는 비빔밥을 먹고 싶습니다.」（我想吃石鍋拌飯。）表示我（說話人，第一人稱）心中希望或期望能實現的事。如果是疑問句時，「어디에 가고 싶습니까?」（你想去哪裡呢？）就表示詢問聽話者的願望了。

看漫畫比比看

1 저는 비빔밥을 먹습니다.
我吃石鍋拌飯。

2 저는 비빔밥을 먹고 싶습니다.
我想吃石鍋拌飯。

　　例句（1）是有補語的基本句，所以語順是「主語는+補語을+述語」，補語助詞用表示動作對象的「을」；例句（2）是希望變形句，所以補語助詞要是表示願望對象的「을」，述語後面要接「고 싶습니다」(我想～)。

(二) 고 싶어하다

韓語中，相對於自己的希望用「고 싶다 [go.sip.tta]」，第三者的希望就要用助動詞「고 싶어하다 [go.si.peo.ha.da]」（想要…）。

使用時，將「고 싶어하다」接在動詞的後面，表示希望實現該動詞。禮貌並尊敬的說法用「고 싶어합니다 [go.si.peo.ham.ni.da]」，客氣但不是正式的說法用「고 싶어해요 [go.si.peo.hae.yo]」。接續方法，不管是母音結尾還是子音結尾都一樣「動詞語幹 + 고 싶어하다」。助詞用「을 / 를」。

所以，「小孩想看電視。」的韓語語順，是把動詞「看」往句尾移，然後把助動詞「想」放在動詞後面。語順是，

> 主體는/은等+對象을/를+動作고 싶어하다。

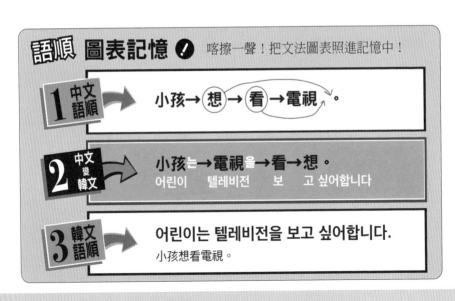

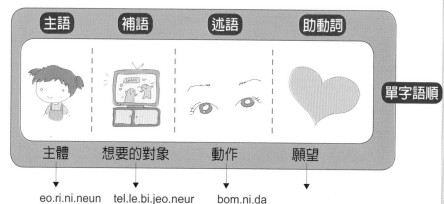

主語	補語	述語	助動詞

單字語順

主體　　想要的對象　　　動作　　　願望

eo.ri.ni.neun　　tel.le.bi.jeo.neur　　bom.ni.da
1 어린이는　　텔레비전을　　봅니다.　　　　小孩看電視。
喔.理.妮.嫩　　貼.累.筆.球.努兒　　撥母.妮.打

eo.rin.i.neun　　tel.le.bi.jeo.neur　　bo.go　　si.peo ham.ni.da
2 어린이는　　텔레비전을　　보고　싶어 합니다.　小孩想看電視。
喔.理.妮.嫩　　貼.累.筆.球.努兒　　撥.夠　西.波.舍母.妮.打

　　「고 싶어하다」（想要…）表示說話人從表情、動作等外觀上，來觀察他人顯露在外面的希望。主語多為第三人稱（他、他們…等）。

　　這句話可能是看小孩想看心愛的節目，電視卻壞了，推測小孩想要的是「看電視」。

看漫畫比比看

1 어린이는 텔레비전을 봅니다.
小孩看電視。

2 어린이는 텔레비전을 보고 싶어합니다.
小孩想看電視。

　　例句（1）只是簡單說出「小孩看電視」；例句（2）加入了助動詞「고 싶어하다」（想要…）表示小孩顯露在外的希望是「看電視」。

練 習 問 題

STEP4

變形句

---

1 **照語順寫句子** 依照下面的語順，改成一個完整的韓語句子。

1. 我 → 廣播 → 聽 → 想
   　　　라디오　듣다

　　＿＿＿＿＿＿＿＿＿＿＿＿＿＿＿＿＿＿＿＿

2. 姊姊 → 首爾 → 去→ 想要
   　언니　　서울

　　＿＿＿＿＿＿＿＿＿＿＿＿＿＿＿＿＿＿＿＿

2 **排排看** 請把盒子裡的字，排成正確的句子。

1. 　＿＿＿＿＿＿＿＿＿＿＿＿

　　자동차 ＝自用車

2. 　＿＿＿＿＿＿＿＿＿＿＿＿

　　여행＝旅行

3 **翻譯練習** 請把中文句子翻譯成為韓語。

1. **他想要買皮包。**　　　　　　皮包=가방；購買=사다

　　＿＿＿＿＿＿＿＿＿＿＿＿＿＿＿＿＿＿＿＿

2. **我想喝人參茶。**　　　　　　人參茶=인삼차；喝=마시다

　　＿＿＿＿＿＿＿＿＿＿＿＿＿＿＿＿＿＿＿＿

第四課　能力變形句
（一）可能句型 1

　　現在許多父母，會讓小孩學才藝、彈鋼琴、畫畫…。而在國外，許多小孩都會好幾樣的運動，從中學習協調、合作、鍛鍊身體。

　　這裡我們來學表示能力的「ㄹ / 을 수 있다 [r/eul.ssu.it.tta]」（能～，可以做到～）吧！使用時可以直接接在述語的用言語幹後面，接續的方法是「母音＋ㄹ 수 있다 / 子音＋을 수 있다」。

　　禮貌並尊敬的說法用「ㄹ / 을 수 있습니다 [r/eul.ssu.it.sseum.ni.da]」，客氣但不是正式的說法用「ㄹ / 을 수 있어요 [r/eul.ssu.i.sseo.yo]」。

　　因此，「我會彈鋼琴。」的韓語語順是，把動詞「彈」往句尾移，然後把「會」放在動詞後面。語順是，

> 主體는＋關連內容를＋動作ㄹ/을 수 있다。

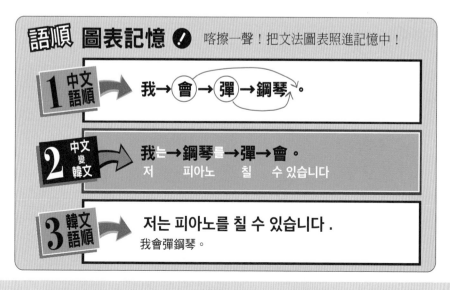

語順 圖表記憶 喀擦一聲！把文法圖表照進記憶中！

1 中文語順　我→會→彈→鋼琴。

2 中文變韓文　我는→鋼琴를→彈→會。
저　　피아노　칠　수 있습니다

3 韓文語順　저는 피아노를 칠 수 있습니다.
我會彈鋼琴。

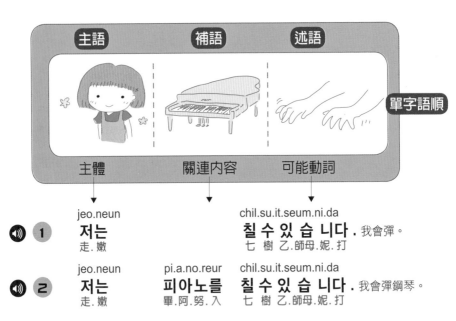

主語	補語	述語
主體	關連內容	可能動詞

單字語順

1 jeo.neun
저는
走.嫩

chil.su.it.seum.ni.da
칠 수 있 습 니 다. 我會彈。
七 樹 乙.師母.妮.打

2 jeo.neun
저는
走.嫩

pi.a.no.reur
피아노를
畢.阿.努.入

chil.su.it.seum.ni.da
칠 수 있 습 니 다. 我會彈鋼琴。
七 樹 乙.師母.妮.打

　　這裡的「칠 수 있습니다」是把「치다」（彈）這個動作，改成動詞可能形「치다→치＋ㄹ 수 있습니다＝칠 수 있습니다」，表示經過學習，所得到的能力。「ㄹ／을 수 있습니다」（會…、能…）表示體力上、能力上會做的。

看漫畫比比看

1 저는 칠 수 있습니다.
我會彈。

2 저는 피아노를 칠 수 있습니다.
我會彈鋼琴。

　　例句（1）只單純說出「我會彈」；例句（2）加入了句型「피아노」（鋼琴）表示會彈的是「鋼琴」。

（二）可能句型 2

　　要表現不能，沒有辦法做到，就用「ㄹ／을 수 없다 [r/eul.ssu.eop.tta]」（沒辦法，不能）這個句型。使用時可以直接接在述語的用言語幹後面，接續的方法是「母音＋ㄹ 수 없다 ／子音＋을 수 없다」。客氣但不是正式的說法用「ㄹ／을 수 없어요 [r/eul.ssu.eop.sseo.yo]」。

　　因此，「我不能吃這食物。」韓語語順是，把述語的動詞「吃」往句尾移，然後再把「能」放在動詞後面。語順是，

> 主體는+關連內容을+動作을 수 없어요。

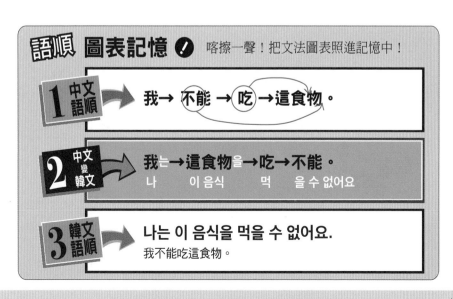

語順 圖表記憶 ❗ 喀擦一聲！把文法圖表照進記憶中！

1 中文語順 我→ 不能 →吃→這食物。

2 中文變韓文 我는→這食物을→吃→不能。
나　　이 음식　　먹　　을 수 없어요

3 韓文語順 나는 이 음식을 먹을 수 없어요.
我不能吃這食物。

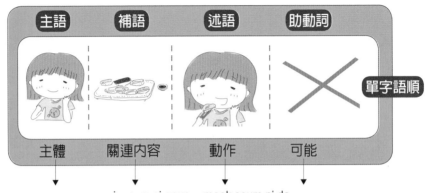

主語	補語	述語	助動詞	
主體	關連內容	動作	可能	單字語順

na.neun　　　　　i　eum.si.geur　　meok.seum.ni.da

1 **나는** **이 음 식을** **먹 습 니다.** 我吃這食物。
　　那. 嫩　　　衣 烏母. 西. 股　　摸. 師母. 妮. 打

na.neun　　　　　i　eum.si.geur　　meo.geur　su.eop.seo.yo

2 **나는** **이 음 식을** **먹을** **수 없어요.** 我不能吃這食物。
　　那. 嫩　　　衣 烏母. 西. 股　　某. 股　　樹 歐. 手. 喲

　　這裡的「먹다」（吃）正式禮貌的說法是「먹습니다」，要變成不能吃，是經過這樣的程序變化而來的「먹다 →먹+을 수 없어요＝먹을 수 없어요」。

看漫畫比比看

1 나는 이 음식을 먹습니다.
　　我吃這食物。

2 나는 이 음식을 먹을 수 없어요.
　　我不能吃這食物。

　　例句（1）只是單純說出「我吃這食物」；例句（2）「먹다」加上「을 수 없어요」表示「不能吃、不會吃」的意思。

練習問題

1　照語順寫句子　依照下面的語順，改成一個完整的韓語句子。

1. <u>這裡</u> → <u>香煙</u> → <u>抽</u> → 不能
　　여기　　담배　　피우다

　　　　　　　　　　　　　＊請使用「여기서」表示「在這裡」

2. <u>姊姊</u> → <u>衣服</u> → <u>做</u> → <u>會</u>
　　　　　　양복　　만들다

2　排排看　請把盒子裡的字，排成正確的句子。

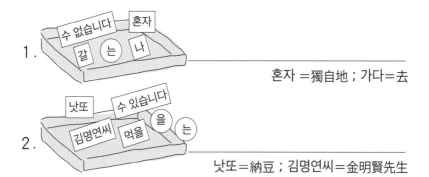

1. ＿＿＿＿＿＿＿＿＿＿＿＿
　　수 없습니다　혼자　갈　는　나

　　　　　　　　혼자 ＝獨自地；가다＝去

2. ＿＿＿＿＿＿＿＿＿＿＿＿
　　낫또　수 있습니다　먹을　을　는　김명연씨

　　　　　　낫또＝納豆；김명연씨＝金明賢先生

3　翻譯練習　請把中文句子翻譯成為韓語。

1. **我會跳芭蕾舞。**　　　　芭蕾舞＝발레；跳（舞）＝추다

---

2. **這份工作我不會做。**　　這份工作＝이 일；做＝하다

 **第一課** 時間、期間
（一）時間點 1

　　這一課我們來講時間補語，也就是時間是句子裡的補語。某一個動作發生的時間，往往是人們關注的話題，在韓語語順中，時間詞要放在述語的前面，來修飾後面的述語。修飾語要用助詞「에 [e]」等來表示，述語前面如果有行為對象，修飾語就放在行為對象的前面。

　　因此，「我七點吃飯。」韓語語順就是，把動詞「吃」往句尾移就行啦！語順是，

主體는＋時間에＋關連內容을＋動作。

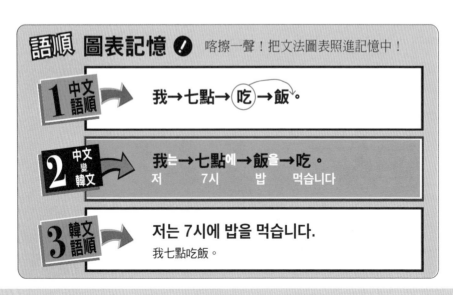

語順 圖表記憶 ❗ 喀擦一聲！把文法圖表照進記憶中！

1 中文語順　我→七點→吃→飯。

2 中文變韓文　我는→七點에→飯을→吃。
　　　　　　　　저　　7시　　밥　　먹습니다

3 韓文語順　저는 7시에 밥을 먹습니다.
　　　　　　　我七點吃飯。

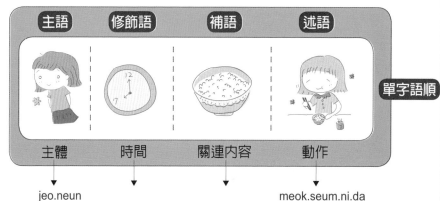

主語	修飾語	補語	述語
主體	時間	關連內容	動作

1 저는 　　　　　　　　　　　　　　　먹 습 니 다. 我吃。
走.嫩　　　　jeo.neun　　　　　　　　　摸.師母.妮.打 meok.seum.ni.da

2 저는 　　　　　　밥을 　　　　　　먹 습 니 다. 我吃飯。
走.嫩　jeo.neun　拔.笨兒 ba.beur　摸.師母.妮.打 meok.seum.ni.da

3 저는 　　　7 시에 　　　밥을 　　　먹 습 니 다. 我七點吃飯。
走.嫩　jeo.neun　衣古.西.愛 il.gop.si.e　拔.笨兒 ba.beur　摸.師母.妮.打 meok.seum.ni.da

　　補語「7 시에」是從時間面上修飾後面的動詞「먹습니다」，也就是「吃」這個動作是在「七點」進行的。時間的助詞「에」表示事情發生的時間。

看漫畫比比看

1 저는 먹습니다.
我吃。

2 저는 밥을 먹습니다.
我吃飯。

3 저는 7시에 밥을 먹습니다.
我七點吃飯。

單字語順

（二）時間點 2

T20

　　表示時間的修飾語，要放在述語的前面來修飾後面動作的時間，修飾語要用助詞「에 [e]」等等來表示。

　　要說「我星期天結婚。」的韓語語順不用移，直接用中文語順就行啦！語順是：

> 主體는＋時間에等＋ 動作。

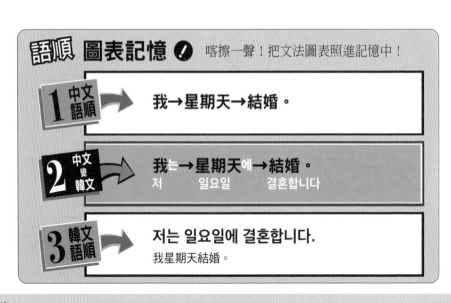

語順 圖表記憶 　喀擦一聲！把文法圖表照進記憶中！

1 中文語順　　我→星期天→結婚。

2 中文變韓文　　我는→星期天에→結婚。
　　　　　　　저　　　일요일　　　결혼합니다

3 韓文語順　　저는 일요일에 결혼합니다.
　　　　　　　我星期天結婚。

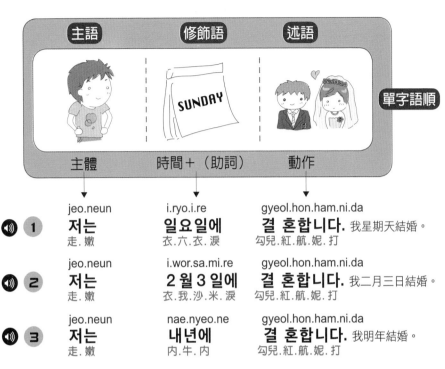

主語	修飾語	述語
主體	時間＋（助詞）	動作

jeo.neun
1 저는　일요일에　결 혼합니다. 我星期天結婚。
走.嫩　衣.六.衣.淚　勾兒.紅.航.妮.打

i.ryo.i.re
gyeol.hon.ham.ni.da

jeo.neun
2 저는　2 월 3 일에　결 혼합니다. 我二月三日結婚。
走.嫩　衣.我.沙.米.淚　勾兒.紅.航.妮.打

i.wor.sa.mi.re
gyeol.hon.ham.ni.da

jeo.neun
3 저는　내년에　결 혼합니다. 我明年結婚。
走.嫩　內.牛.內　勾兒.紅.航.妮.打

nae.nyeo.ne
gyeol.hon.ham.ni.da

　　「일요일 에」（星期天）、「2 월 3 일에」（二月三日）、「내년에 」（明年）是從時間面上修飾後面的動詞述語「결혼합니다」（結婚），表示「結婚」這個動作的時間點。

　　韓語表示「～月～日」這類的日期，要使用漢數字。韓語的數字有分「漢數字」跟「固有數字」。漢數字發音跟華語接近；固有數字是韓國本地原來就有的數字。

（三）期間

　　表示時間的修飾語，可以分為表示時間點的「오늘」（今天）、「8 시」（八點）…等，跟表示期間的「2 년간」（兩年之間）和「～부터 [bu.teo] ～까지 [kka.ji]」（從～到～）…等。表示期間的時間名詞，要在述語的前面，來從時間的側面上修飾後面的述語。

　　由此看來，「我學了兩年。」韓語語順就是把「學了」往句尾移就行啦！語順是，

> 主體는＋時間＋動作。

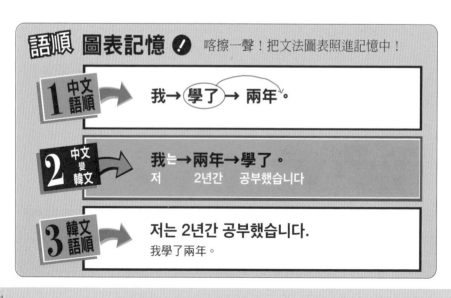

語順 圖表記憶 ❗ 喀擦一聲！把文法圖表照進記憶中！

1 中文語順　我→ 學了 → 兩年 。

2 中文變韓文　我 는→兩年→學了。
저　　2년간　공부했습니다

3 韓文語順　저는 2년간 공부했습니다.
我學了兩年。

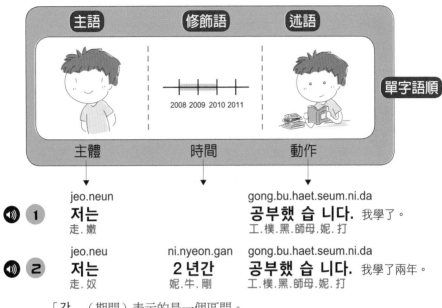

主語	修飾語	述語
主體	時間	動作

1.
jeo.neun
저는
走.嫩

gong.bu.haet.seum.ni.da
공부했 습 니 다. 我學了。
工.樸.黑.師母.妮.打

2.
jeo.neu
저는
走.奴

ni.nyeon.gan
2 년간
妮.牛.剛

gong.bu.haet.seum.ni.da
공부했 습 니 다. 我學了兩年。
工.樸.黑.師母.妮.打

「간」（期間）表示的是一個區間。

看漫畫比比看

1 저는 공부했습니다.
我學了。

2 저는 2년간 공부했습니다.
我學了兩年。

　　例句（1）只單純地說「我學了」；例句（2）加入時間修飾語「二年間」，來修飾後面的「學了」，知道共學了兩年。

115

（四）時間、期間

　　上一單元提過，表示時間的修飾語，可以大分為時間點跟期間兩種。這一單元要說明的是另一個「期間」，這裡的期間用助詞「～부터 [bu.teo] ～까지 [kka.ji]」（從～到～）。表示時間、期間名詞，要放在述語的前面，來修飾後面的述語。

　　因此，「我從六點工作。」韓語的語順是，將相當於助詞的「從」移到時間的「六點」之後，動詞的「工作」保持在句尾就行啦！語順是，

> 主體는＋時間부터＋動作。

語順 圖表記憶 ❗ 喀擦一聲！把文法圖表照進記憶中！

1 中文語順 我→ (從) →六點→工作。

2 中文變韓文 我 는→六點→從→工作。
저　　6시　부터　일합니다

3 韓文語順 저는 6시부터 일합니다.
我從六點工作。

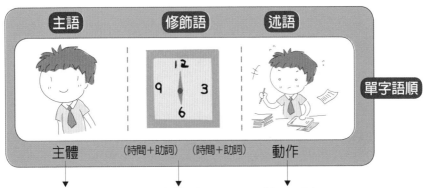

主語	修飾語	述語
主體	（時間＋助詞）（時間＋助詞）	動作

單字語順

1 jeo.neun　　yeo.seot.si.bu.teo　　il.ham.ni.da
저는　　6 시부터　　일 합니다. 我從六點工作。
走．嫩　　喲手．西．樸．透　　憶兒．航．妮．打

2 jeo.neun　　yeo.deol.si.kka.ji　　il.ham.ni.da
저는　　8 시까지　　일 합니다. 我工作到八點。
走．嫩　　喲嘟．西．嘎．奇　　憶兒．航．妮．打

3 jeo.neun　　a.hop.si.bu.teo. da.seot.si.kka.ji　　il.ham.ni.da
저는　　9시부터　5 시까지　　일 합니다. 我從九點工作到五點。
走．嫩　　阿候．西．樸．打手．西．嘎．奇　　憶兒．航．妮．打

4 jeo.neun　　a.chim.bu.teo.bam.kka.ji　　il.ham.ni.da
저는　　아침부터 밤까지　　일 합니다. 我從早工作到晚。
走．嫩　　阿．七．樸．透 旁．嘎．奇　　憶兒．航．妮．打

5 jeo.neun　　wo.ryo.il.bu.teo.geu.myo.il.kka.ji　　il.ham.ni.da
저는　　월요일부터 금요일까지　　일 합니다. 我從星期一工作
走．嫩　　我．六．憶．樸．透 古．妙．憶．嘎．奇　　憶兒．航．妮．打 到星期五。

看漫畫比比看1	看漫畫比比看2
1 저는 일합니다. 我工作。	**1** 저는 일합니다. 我工作。
2 저는 6시부터 일합니다. 我從六點（開始）工作。	**2** 저는 아침부터 밤까지 일합니다. 我從早工作到晚。

1　照語順寫句子　依照下面的語順，改成一個完整的韓語句子。

1. 她 → **11點** → 從 → **7點** → 到 → **睡了**
    　　　11시　　　　7시　　　　잤습니다

　　_____

2. **小提琴** → **三年** → **學了**
    바이올린　3년간　배웠습니다

　　_____

2　排排看　請把盒子裡的字，排成正確的句子。

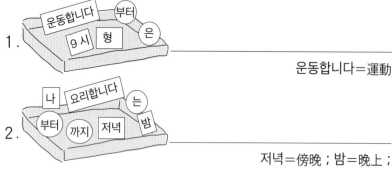

1. _____

운동합니다＝運動

2. _____

저녁＝傍晚；밤＝晚上；
요리합니다＝做菜

3　翻譯練習　請把中文句子翻譯成為韓語。

1. 朋友明天出院。　　　　　　　　出院＝퇴원합니다

　　_____

2. 小寶寶12月1日出生了。
小寶寶＝갓난아기；12月1日＝
12월1일；出生了＝태어났습니다

第二課　動作、行為的場所、範圍（一）行為的場所

　　現在喜歡跑步的人，為數還真不少，跑步的魅力在動作簡單，不需太多器具，不需要一群人參與。大街小巷都可以跑，當然有座公園就更好了。

　　動作有關的場所，譬如，動作進行的場所、動作開始的場所等，這些場所，都需要接助詞「에서 [e.seo]（在），부터 [bu.teo]（從），까지 [kka.ji]（到）」來做修飾語。從場所面來修飾、限定後面的動詞述語。「에서」這個助詞同時有「在」跟「從」的意思。

　　因此，「我在公園跑步。」的韓語語順，由於動詞「跑步」一開始就乖乖的在句尾，所以不需要移動。只要把助詞的「在」，移到「公園」後面就行啦！語順是，

> 主體는+場所에서等+動作。

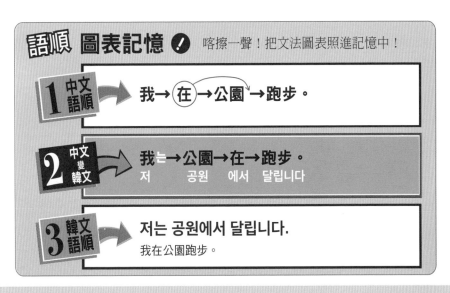

語順　圖表記憶 ❗ 喀擦一聲！把文法圖表照進記憶中！

1 中文語順　我→在→公園→跑步。

2 中文變韓文　我는→公園→在→跑步。
　　　　　　저　　공원　　에서　달립니다

3 韓文語順　저는 공원에서 달립니다.
　　　　　　我在公園跑步。

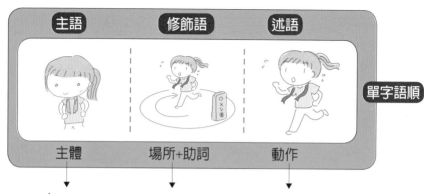

單字語順

主語　　　　　修飾語　　　　　述語

主體　　　　場所＋助詞　　　　動作

1 🔊
jeo.neun	gong.wo.ne.seo	dal.lim.ni.da
저는	공원에서	달 립 니다. 我在公園跑步。
走.嫩	工.我.內.手	打.李母.妮.打

2 🔊
jeo.neun	gong.wo.ne.seo	dal.lim.ni.da
저는	공원에서	달 립 니다. 我從公園跑步。
走.嫩	工.我.內.手	打.李母.妮.打

3 🔊
jeo.neun	gong.won.e.seo	jip.kka.ji	dal.lim.ni.da
저는	공원에서	집까지	달 립 니다. 我從公園跑到家。
走.嫩	工.我.內.手	幾.嘎.奇	打.李母.妮.打

「공원에서」（在公園）、「공원에서」（從公園）、「공원에서 집까지」（從公園到家）都是修飾在後面的述語，表示動作「달립니다」（跑）所進行的場所。在這裡的「에서」（從），「까지」（到）表示場所的起點和終點。

看漫畫比比看

1 저는 공원에서 달립니다.
我在公園跑步。

3 저는 공원에서 집까지 달립니다.
我從公園跑到家。

2 저는 공원에서 달립니다.
我從公園跑步。

（二）行為的範圍 1

　　某一行為、動作是在什麼樣的範圍內進行的呢？說明範圍的詞語是修飾語，要在述語的前面，他所擔負的任務是「範圍」。

　　這一單元介紹「밖에 [ba.kke]」（只、僅僅）這個說明範圍的助詞，後接否定表示限定。它前接名詞，來修飾後面的動詞述語，動詞要變成否定式。

　　所以，「我只吃韓國料理。」韓語語順就是把「韓國料理」移到範圍助詞「只」之前，接下來在動詞「吃」的後面加上否定的「不」，就可以了。語順是，

> 主體는+関連内容밖에+動作（否定）。

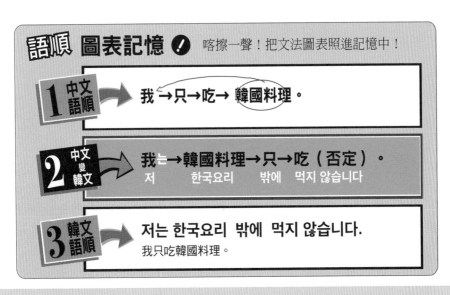

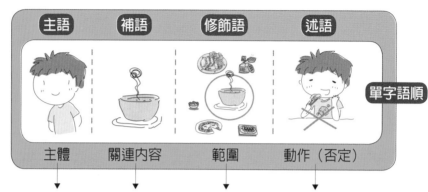

主語	補語	修飾語	述語
主體	關連內容	範圍	動作（否定）

1 jeo.neun **저는** 走.嫩　han.gung.yo.ri.reur **한국요리를** 韓.姑恩.喲.理.入　meok.seum.ni.da **먹습니다.** 摸.師母.妮.打

我吃韓國料理。

2 jeo.neun **저는** 走.嫩　han.gung.yo.ri **한국요리** 韓.姑恩.喲.理　ba.kke **밖에** 拔.給　meok.jji.an.seum.ni.da **먹지 않습니다.** 摸.幾.安.師母.妮.打

我只吃韓國料理。

看漫畫比比看

1 저는 한국 요리를 먹습니다.
我吃韓國料理。

2 저는 한국 요리밖에 먹지 않습니다.
我只吃韓國料理。

　　例句（1）用動作對象助詞「를」，來單純敘述「我吃韓國料理。」；例句（2）把「를」改成「밖에」，變成「한국 요리밖에」（只有韓國料理）來修飾後面的動詞述語，當然動詞的「먹습니다」要改成否定形「먹지 않습니다」了。

　　動詞否定句的作法，只要在動詞的語幹加上「지 않습니다 / 않아요 / 지 않다」就行啦。

（三）行為的範圍 2

　　動作是在什麼樣的範圍內進行的呢？表示範圍的助詞還有一個是「만 [man]」（只、僅僅），它後面接肯定，表示限定。「만」前接名詞，位置要在動詞述語的前面，來修飾後面的動詞，動詞不需要變成否定式。

　　因此，「我只吃韓國料理。」韓語語順就是，將「韓國料理」移到表示範圍的助詞「只」前面，就可以啦！語順是，

> 主體는 + 関連内容만 + 動作（肯定）

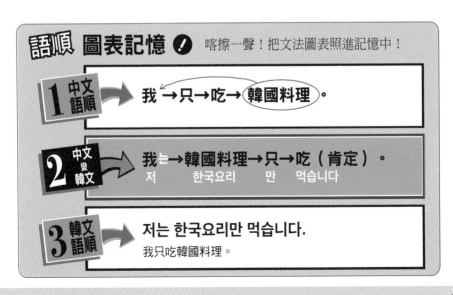

語順 圖表記憶 ❗ 喀擦一聲！把文法圖表照進記憶中！

1 中文語順　我 →只→吃→ 韓國料理 。

2 中文變韓文　我 는 →韓國料理→只→吃（肯定）。
　　　　　　　　저　　한국요리　　　만　먹습니다

3 韓文語順　저는 한국요리만 먹습니다.
　　　　　　　　我只吃韓國料理。

主語	補語	修飾語	述語
主體	關連內容	範圍	動作（肯定）

單字語順

1
jeo.neun
저는
走.嫩

meok.seum.ni.da
먹 습 니 다. 我吃。
摸.師母.妮.打

2
jeo.neun　　han.gung.yo.ri.reur
저는　　한 국 요리를
走.嫩　　韓.姑恩.喲.理.入

meok.seum.ni.da
먹 습 니 다
摸.師母.妮.打
　　　我吃韓國料理。

3
jeo.neun　　han.gung.yo.ri　　man
저는　　한 국 요리　　만
走.嫩　　韓.姑恩.喲.理　　罵

meok.seum.ni.da
먹 습 니 다.
摸.師母.妮.打
　　　我只吃韓國料理。

看漫畫比比看

1 저는 한국요리밖에 먹지 않습니다.
我只吃韓國料理。

2 저는 한국요리만 먹습니다.
我只吃韓國料理。

　　「밖에〜지 않다」（只有）用在否定句中，用在限定一件事物，而排除其他事物。「만」（只有）用在肯定句中，也可以用在否定句中。

練 習 問 題

---

1 **照語順寫句子** 依照下面的語順，改成一個完整的韓語句子。

1. 首爾 → 從 → 明洞 → 到 → 走路
　 서울　　　　　　명동　　　　　걷습니다

　 _____

2. 大家 → 燒肉 → 只 → 吃（用「밖에＋否定」的句型）
　 불고기　　　　먹다

　 _____

2 **排排看** 請把盒子裡的字，排成正確的句子。

1. _____

2. _____

두게＝兩個；사과＝蘋果

3 **翻譯練習** 請把中文句子翻譯成為韓語。

1. **我從廚房打掃。**　　　　廚房＝부엌；打掃＝청소합니다

　 _____

2. **哥哥在公司工作。**　　　　公司＝회사；工作＝일합니다

　 _____

125

第三課　一起動作的對象

○ T22

　　行為的方式中，某動作一起進行的對象，用助詞「와 [wa]/ 과 [gwa]（跟～）來當做修飾語，以修飾後面的述語。

　　「와 / 과」（跟～一起）表示一起去做某事的對象。「와 / 과」前面是一起動作的人。接續的方法是「母音＋와 / 子音＋ 과」。口語常用「(이) 랑 [(i).rang]」、「하고 [ha.go]」的形式。例如： 「나랑 사귑시다！」（跟我交往吧！）

　　所以，「我跟朋友去韓國。」韓語語順就是，先將表示動 作對象助詞的「跟」移到「朋友」後面，然後再將動詞「去」 移到句尾就是啦！語順是，

> 主體는＋対象과/와＋動作。

語順 圖表記憶 ❗ 喀擦一聲！把文法圖表照進記憶中！

1 中文 語順　我→ 跟 →朋友→ 去 →韓國。

2 中文 變 韓文　我 는→朋友→跟→韓國 에→去。
　　　　　　저　　友구　　와　한국　　갑니다

3 韓文 語順　저는 친구와 한국에 갑니다.
　　　　　　我跟朋友去韓國。

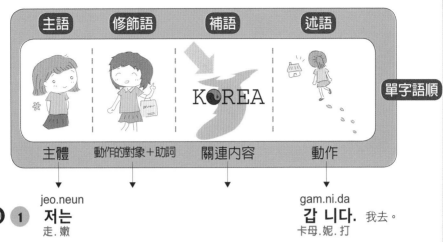

主語	修飾語	補語	述語
主體	動作的對象＋助詞	關連內容	動作

單字語順

1
jeo.neun
저는
走.嫩

gam.ni.da
갑 니다.
卡母.妮.打

我去。

2
jeo.neun
저는
走.嫩

han.gu.ge
한국에
韓.姑.給

gam.ni.da
갑 니다.
卡母.妮.打

我去韓國。

3
jeo.neun
저는
走.嫩

chin.gu.wa
친구와
親.姑.娃

han.gu.ge
한국에
韓.姑.給

gam.ni.da
갑 니다.
卡母.妮.打

我跟朋友去韓國。

看漫畫比比看

1 저는 갑니다.
我去。

2 저는 한국에 갑니다.
我去韓國。

3 저는 친구와 한국에 갑니다.
我跟朋友去韓國。

　　修飾語「**친구와**」（跟朋友）是一起去韓國的對象，修飾後面的動詞「**갑니다**」（去）。

　　「**와 / 과**」（跟）也常跟「**같이**」（一起）表示「跟～一起」的意思，也就是一起去做某事的對象。例如：「**어제 친구와 같이 영화를 보았습니다.**」（昨天跟朋友一起看電影。）

1 照語順寫句子　依照下面的語順，改成一個完整的韓語句子。

1. 老師 → 學生 → 跟 → 說話
　　　　　　　　　　이야기합니다

_____

2. 店員 → 客人 → 跟 → 打招呼
　점원　　손님　　　　인사합니다

_____

3. 學長 → 學弟 → 跟 → 跳舞
　선배　　후배　　　　춤춥니다

_____

2 翻譯練習　請把中文句子翻譯成為韓語。

1. 媽媽跟小孩去散步。　　　　小孩＝아이；散步＝산책합니다

_____

2. 我跟朋友去補習。　　　　　補習＝학원

_____

第四課 道具跟手段
（一）材料

T23

　　做某行為，利用的是什麼材料？行為的方式中，某動作是用什麼材料來進行的？可以用「로 [ro]／으로 [eu.ro]」（用）來當做修飾語的助詞，修飾後面的述語，如果句中還有動作的對象，那麼，對象就放在修飾語的後面，述語的前面。接續的方法是「母音＋로 ／子音＋으로」。

　　所以，「姊姊用米做麵包。」韓語語順就是先將動詞「做」移到句尾，再將表示道具的助詞「用」移到「米」的後面，就OK啦！語順是，

> 主體는＋材料로/으로＋關連內容을＋動作。

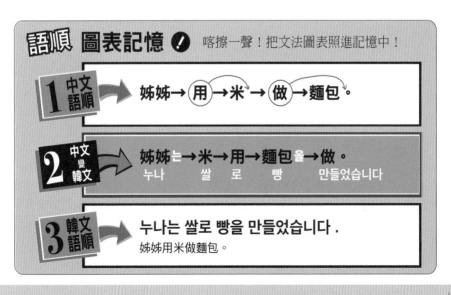

1 中文語順 姊姊→(用)→米→(做)→麵包。

2 中文變韓文 姊姊는→米→用→麵包을→做。
누나　쌀　로　빵　만들었습니다

3 韓文語順 누나는 쌀로 빵을 만들었습니다 .
姊姊用米做麵包。

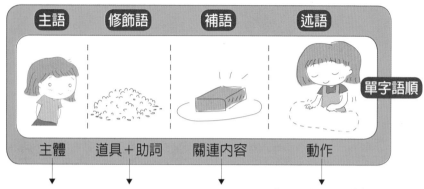

主語	修飾語	補語	述語
主體	道具＋助詞	關連內容	動作

單字語順

nu.na.neun

man.deu.reot.seum.ni.da

1 누나는 만들었 습 니다. 姊姊做。
努.那.嫩　　　罵.的.樓.師母.妮.打

nu.na.neun ppang.eur man.deu.reot.seum.ni.da

2 누나는 빵을 만들었 습 니다. 姊姊做麵包。
努.那.嫩　幫.而　　　罵.的.樓.師母.妮.打

nu.na.neun ssal.lo ppang.eur man.deu.reot.seum.ni.da

3 누나는 쌀 로 빵을 만들었 습 니다. 姊姊用米做
努.那.嫩　沙兒.樓　幫.而　罵.的.樓.師母.妮.打　麵包。

看漫畫比比看

1 누나는 빵을 만들었습니다.
姊姊做麵包。

2 누나는 쌀로 빵을 만들었습니다.
姊姊用米做麵包。

　　例句（1）只單純提到「姊姊做麵包」；例句（2）「**쌀로**」（用米）是「**만들었습니다**」（做）的材料，也就是從材料這一側面來修飾後面的動作，知道「做」這個動作的材料是「米」。動作對象的「**빵**」（麵包）就在修飾語的後面，述語動作的前面。

（二）器具

　　做某行為，利用的是什麼器具？也可以用「로 [ro]／으로 [eu.ro]」（用）來當作修飾語的助詞，修飾後面的述語。同樣地，如果句中還有動作的對象，那麼，對象就放在修飾語的後面，述語的前面。

　　所以，「妹妹用筷子吃飯。」韓語語順就是，先將動詞「吃」移到句尾，再將表示器具的助詞「用」移到「筷子」的後面，就可以了啦！語順是，

> 主體은＋器具로/으로＋關連內容을＋動作。

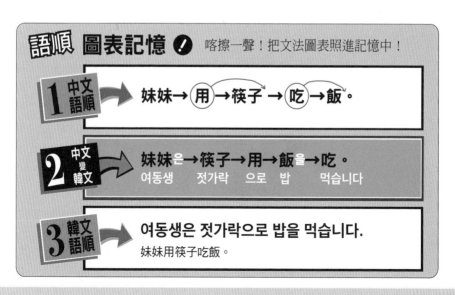

131

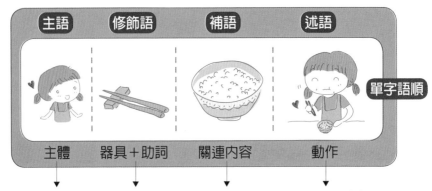

主語	修飾語	補語	述語
主體	器具＋助詞	關連内容	動作

yeo.dong.saeng.eun   meok.seum.ni.da

1 여동생은   **먹 습 니 다.** 妹妹吃。
有.同.先.運   摸.師母.妮.打

yeo.dong.saeng.eun   ba.beur meok.seum.ni.da

2 여동생은   **밥 을** **먹 습 니 다.** 妹妹吃飯。
有.同.先.運   拔.笨兒 摸.師母.妮.打

yeo.dong.saeng.eun jeot.gga.ra.geu.ro ba.beur meok.seum.ni.da

3 여동생은 **젓 가락으로** **밥 을 먹 습 니다.** 妹妹用筷子
有.同.先.運 走特.卡.拉.古.樓 拔.笨兒 摸.師母.妮.打 吃飯。

「젓가락」（筷子）是「먹습니다」（吃）的器具，也就是從器具這一側面來修飾後面的動作，知道「吃」這個動作的器具是「筷子」。動作對象的「밥」（飯）就在修飾語的後面，述語動作的前面。

（三）語言

　　做某行為，使用的是什麼語言？也可以用「로 [ro]/ 으로 [eu. ro]」（用）來當做修飾語的助詞，修飾後面的述語。同樣地，如果句中還有動作的對象，那麼，對象就放在修飾語的後面，述語的前面。

　　因此，「哥哥用韓語寫報告。」韓語語順就是，先將動詞「寫」移到句尾，再將表示語言的助詞「用」移到「韓語」的後面，就可以啦！語順是，

> 主體은 ＋ 語言어로 ＋ 關連內容를 ＋ 動作。

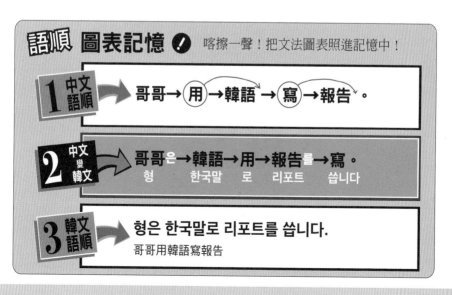

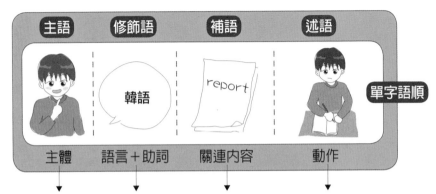

主語	修飾語	補語	述語
韓語		report	
主體	語言＋助詞	關連內容	動作

1 hyeong.eun
형은
玄.運

씁니다. 哥哥寫。
順.妮.打
sseum.ni.da

2 hyeong.eun
형은
玄.運

ri.po.teu.reul
리포트를
理.普.度.入

씁니다. 哥哥寫報告。
順.妮.打
sseum.ni.da

3 hyeong.eun
형은
玄.運

han.gung.mal.lo
한 국 말로
韓.姑恩.馬.樓

ri.po.teu.reul
리포트를
理.普.度.入

씁니다. 哥哥用韓語
順.妮.打　　寫報告。
sseum.ni.da

（四）手段

　　到某處，利用的是什麼交通工具呢？行為的方式中，某動作是用什麼手段、方式來進行的？也用「로 [ro]/ 으로 [eu.ro]」（坐～，搭～）來當做修飾語的助詞，以修飾後面的述語。如果句中還有到達目的地，那麼，目的地就放在修飾語的後面，述語的前面。

　　所以，「爸爸坐車去首爾。」韓語語順就是，先將表示手段的助詞「坐」移到「車」的後面，再將動詞「去」移到句尾，就可以了啦！語順是，

> 主體는＋手段로 / 으로＋關連內容에等＋動作。

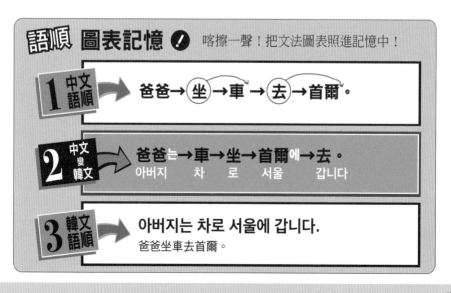

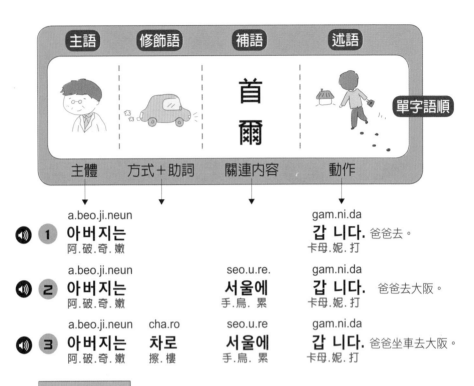

主語	修飾語	補語	述語

單字語順

主體	方式＋助詞	關連內容	動作

1. a.beo.ji.neun / 아버지는 (阿.破.奇.嫩) / gam.ni.da / 갑 니다. (卡母.妮.打) 爸爸去。

2. a.beo.ji.neun / 아버지는 (阿.破.奇.嫩) / seo.u.re. / 서울에 (手.烏.累) / gam.ni.da / 갑 니다. (卡母.妮.打) 爸爸去大阪。

3. a.beo.ji.neun / 아버지는 (阿.破.奇.嫩) / cha.ro / 차로 (擦.樓) / seo.u.re / 서울에 (手.烏.累) / gam.ni.da / 갑 니다. (卡母.妮.打) 爸爸坐車去大阪。

看漫畫比比看

1. 아버지는 서울에 갑니다.
   爸爸去首爾。

2. 아버지는 차로 서울에 갑니다.
   爸爸坐車去首爾。

　　例句（1）只簡單提到「爸爸去首爾」；例句（2）「차」（車）是「갑니다」（去）的手段，知道「去」這個動作的手段是「搭車」。助詞用「로」。

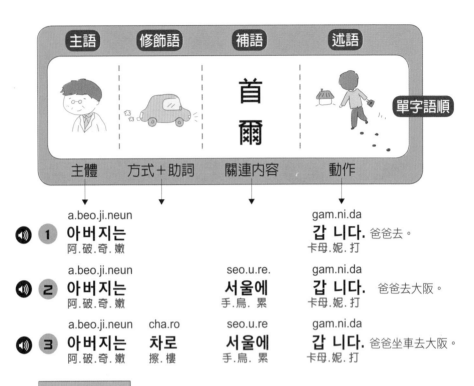

STEP5

用言修飾語＋述語

練習問題

1 **照語順寫句子** 依照下面的語順，改成一個完整的韓語句子。

1. 妻子 → 水果 → 用 → 果汁 → 做
   　　　　過일　　　　주스

_____

2. 學生 → 韓文 → 用 → 日記 → 寫
   　　　　　　　　　　일기

_____

2 **排排看** 請把盒子裡的字，排成正確的句子。

1.

자릅니다＝切（菜）；야채＝蔬菜；
부엌칼＝菜刀

2.

배＝船；해외＝國外

3 **翻譯練習** 請把中文句子翻譯成為韓語。

1. 妹妹用鉛筆寫字。　　　　　　　鉛筆＝연필

_____

2. 大學生用英語唱歌。　　　　大學生＝대학생；英語＝영어
   　　　　　　　　　　　　　　唱歌＝부릅니다

_____

137

第五課　狀況

　　表示某行為、動作發生的狀況，也是修飾語。這修飾語也是用來限定後面的述語的。韓語有形容詞語幹後面加上「히 [hi], 게 [ge], 이 [i]」就變成副詞的用法，例如：

　　「천천히」（慢慢地）是由形容詞「천천하다」（慢慢的）變化而來的，它的語幹是「천천」。也就是「천천하다→천천＋히＝천천히」來的。

　　另外，「빠르게」（快速地）是由形容詞「빠르다」（快速的）變化而來的，它的語幹是「빠르」。也就是「빠르다→빠르＋게＝빠르게」來的。

　　還語，「많이」（忙地）是由形容詞「많다」（忙的）變化而來的，它的語幹是「많」。也就是「많다→많＋이＝많이」來的。

　　副詞「천천히」（慢慢地）跟「빠르게」（快快地）用在表示狀況的時候。如果句中有動詞的補語，那麼，表示頻度的副詞一般是在補語之前。「慢慢吃飯。」韓語語順是，把動詞「吃」移到句尾的。語順是，

$$狀況 + 關連內容를 / 을 + 動作。$$

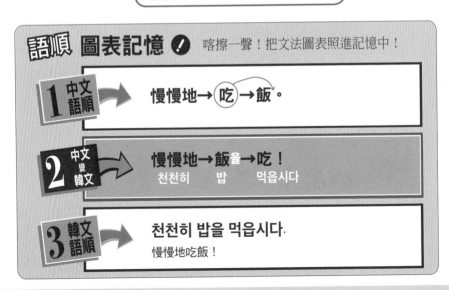

語順　圖表記憶 ❗ 喀擦一聲！把文法圖表照進記憶中！

1 中文語順 慢慢地→（吃）→飯。

2 中文變韓文 慢慢地→飯을→吃！
천천히　밥　먹읍시다

3 韓文語順 천천히 밥을 먹읍시다.
慢慢地吃飯！

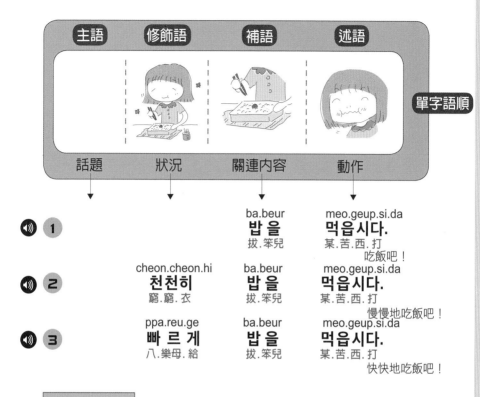

| 主語 | 修飾語 | 補語 | 述語 |

話題　　　狀況　　　關連內容　　　動作

| | | ba.beur
밥 을
拔.笨兒 | meo.geup.si.da
먹읍시다.
某.苦.西.打
吃飯吧！ |

1

| | cheon.cheon.hi
천천히
窮.窮.衣 | ba.beur
밥 을
拔.笨兒 | meo.geup.si.da
먹읍시다.
某.苦.西.打
慢慢地吃飯吧！ |

2

| | ppa.reu.ge
빠 르 게
八.樂母.給 | ba.beur
밥 을
拔.笨兒 | meo.geup.si.da
먹읍시다.
某.苦.西.打
快快地吃飯吧！ |

3

單字語順

看漫畫比比看

1 천천히 밥을 먹읍시다.
慢慢地吃飯吧！

2 빠르게 밥을 먹읍시다.
快快地吃飯吧！

　　例句（1）修飾語「**천천히**」從行為的狀況上，來限定動作「**먹읍시다**」，知道「吃」這個動作是「慢慢進行」；例句（2）修飾語「**빠르게**」也是從行為的狀況上，來限定動作「**먹읍시다**」，知道「吃」這個動作是「快快進行的」。這裡的動作是用勸誘形「母音＋ㅂ시다／子音＋읍시다」（～吧）。

---

1 照語順寫句子　依照下面的語順，改成一個完整的韓語句子。

1. 乾淨 → 洗
　 깨끗하다　씻다

　_____

2. 蔬菜 → 很多 → 吃
　 야채　　많이

　_____

3. 總是 → 慎重地 → 考慮
　 언제나　신중히　　생각합니다

　_____

2 翻譯練習　請把中文句子翻譯成為韓語。

1. 頭髮剪短些吧！　　短的＝짧다；頭髮＝머리；剪下＝자른다

　_____

2. 快樂地工作吧！　　　　　　快樂的＝즐겁다

　_____

STEP5

用言修飾語＋述語

第六課 數量、頻度跟程度
（一）數量

　　吃飯的時候，一次吃幾碗啦！也就是某行為進行的數量，要放在行為述語的前面，來修飾述語。這個數量一般是由「數字＋量詞」構成的，如「二杯」（兩碗）。

　　中文說「我吃兩碗飯」，先按照韓語語順中，動詞老愛跟在後面的習性，把動詞「吃」往句尾移，然後再把表示數量的「兩碗」放在動詞的前面，就大功告成啦！語順是，

> 主體는+ 對象를 / 을+花費數量+動作。

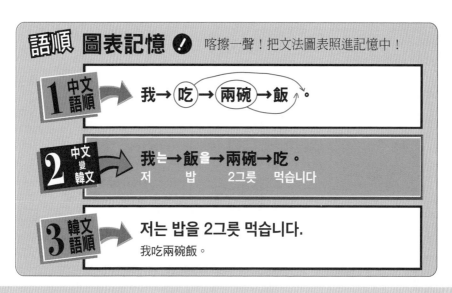

語順 圖表記憶 ❗ 喀擦一聲！把文法圖表照進記憶中！

1 中文語順　我→吃→兩碗→飯。

2 中文變韓文　我는→飯을→兩碗→吃。
저　　밥　　2그릇　먹습니다

3 韓文語順　저는 밥을 2그릇 먹습니다.
我吃兩碗飯。

主語	補語	修飾語	述語
主體	動作的對象	動作花的數量	動作

單字語順

🔊 **1** jeo.neun
저는
走.嫩

meok.seum.ni.da
먹 습 니다. 我吃。
摸.師母.妮.打

🔊 **2** jeo.neun　ba.beur
저는　밥을
走.嫩　拔.笨兒

meok.seum.ni.da
먹 습 니다. 我吃飯。
摸.師母.妮.打

🔊 **3** jeo.neun　ba.beur　du.geu.reut
저는　밥을　2그릇
走.嫩　拔.笨兒　毒.古.魯

meok.seum.ni.da
먹 습 니다. 我吃兩碗飯。
摸.師母.妮.打

　　修飾語「2그릇」（兩碗）從行為所花的數量上來修飾、限定動作「먹습니다」，讓動作的意思更清楚。

看漫畫比比看

1 저는 먹습니다.
我吃。

2 저는 밥을 먹습니다.
我吃飯。

3 저는 밥을 2그릇 먹습니다.
我吃兩碗飯。

　　例句（1）只說「我吃」；例句（2）加入「飯」，知道吃的是飯；例句（3）加入「2그릇」在述語「먹습니다」之前當修飾語，知道是「吃兩碗」。

（二）頻度

多久喝一次牛奶啦！一個月看幾次電影啦！一年出國了幾次啦！表示某動作的發生的頻度，也是修飾語。用來修飾後面的述語。

表示頻度常用的有副詞「**가끔**[ga.kkeum]」（偶爾）跟「**자주**[ja.ju]」（經常）。如果句中有動詞的補語，那麼表示頻度的副詞，一般是在補語之前。

要說「我偶爾喝牛奶。」韓語語順，當然是把動詞「喝」往句尾移，表示頻度的副詞「偶爾」保持在補語「牛奶」前就行啦！語順是，

> 主體는+頻度+關連內容를 / 을+動作。

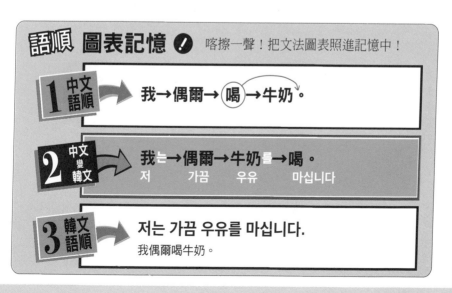

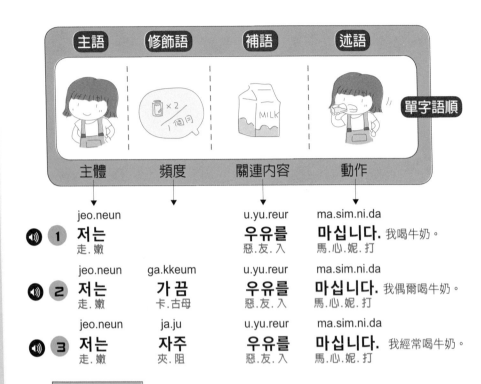

主語	修飾語	補語	述語
主體	頻度	關連內容	動作

單字語順

1　jeo.neun　　　　　　　　　u.yu.reur　　ma.sim.ni.da
　저는　　　　　　　　　　우유를　　마십니다. 我喝牛奶。
　走.嫩　　　　　　　　　　惡.友.入　　馬.心.妮.打

2　jeo.neun　ga.kkeum　　　u.yu.reur　　ma.sim.ni.da
　저는　　가끔　　　　　우유를　　마십니다. 我偶爾喝牛奶。
　走.嫩　　卡.古母　　　　惡.友.入　　馬.心.妮.打

3　jeo.neun　ja.ju　　　　　u.yu.reur　　ma.sim.ni.da
　저는　　자주　　　　　우유를　　마십니다. 我經常喝牛奶。
　走.嫩　　夾.阻　　　　　惡.友.入　　馬.心.妮.打

看漫畫比比看

1　저는 가끔 우유를 마십니다.
　我偶爾喝牛奶。

2　저는 자주 우유를 마십니다.
　我經常喝牛奶。

　　例句（1）頻度修飾語「**가끔**」從行為的頻度上，來限定動作「**마십니다**」，知道「喝」這個動作是「偶爾才做的」；例句（2）頻度修飾語「**자주**」也是從行為的頻度上，來限定動作「**마십니다**」，知道「喝」這個動作是「經常做的」。

（三）程度 1

　　形容詞述語，所提示的話題（主語），到底某狀態的程度有多少呢？對於形容的內容，想要更詳細的說明，就需要表示程度的副詞，來修飾形容詞述語了。

　　其中，最常用的有副詞「**정말** [jeong.mal]」，相當於中文的「很」、「非常」、「挺」、「極」。

　　例如「**정말 높습니다**」（非常高），其中「**정말**」是從程度面來修飾用言形容詞的「**높습니다**」，所以叫做程度用言修飾。韓語的修飾句中，語順是「修飾語＋被修飾語」。

　　因此，「那座山很高。」的韓語語順跟中文一樣，位置不用移動。簡單吧！

> 話題은＋程度＋形容。

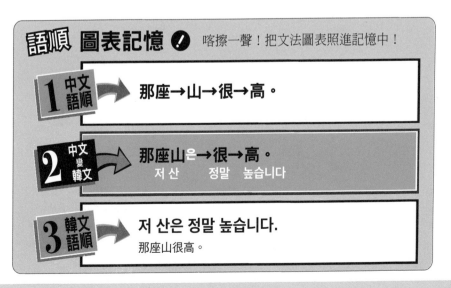

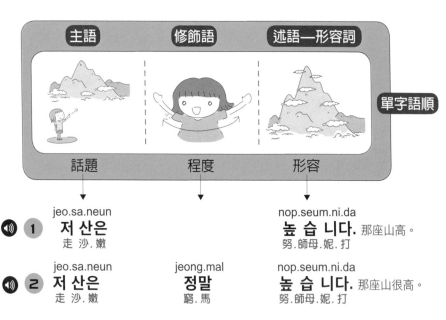

主語	修飾語	述語—形容詞
話題	程度	形容

	jeo.sa.neun			nop.seum.ni.da
1	저 산은 走 沙.嫩			높 습 니 다. 那座山高。 努.師母.妮.打
	jeo.sa.neun	jeong.mal		nop.seum.ni.da
2	저 산은 走 沙.嫩	정말 窮.馬		높 습 니 다. 那座山很高。 努.師母.妮.打

　「정말」表示程度極端的高，位置是在形容詞述語之前。如果要表現現在的年輕人，常說的「超」的意思，可以用「진짜[jin.jja]」。

看漫畫比比看

　例句（1）常見的中文翻譯是「那座山（很）高。」，這裡的「很」，並沒有意義，只是為了讓形容詞句的中文翻譯，能表現得更完整，而加上去的。

　例句（2）中文翻譯也是「那座山很高。」，由於多加入了程度副詞「정말」來修飾後面的形容詞述語「높습니다」，知道高度上真的是「很高的」。

（四）程度 2

　　至於形容詞述語，所提示的話題（主語），要達到某狀態的程度有很高要怎麼說呢？

　　這時候也是需要表示程度的副詞，來修飾形容詞述語了。其中，程度副詞的「가장 [ga.jang]」，也常被使用，它相當於中文的「最」、「頂」的意思。

　　「我最喜歡秋天。」由於加入了補語「秋天」，根據補語要在述語之前，程度修飾語要緊接在述語之前，所以形容詞述語「喜歡」是在句尾，程度修飾語的「最」是放在「喜歡」之前，語順是，

> 主體는 ＋ 對象을 ＋ 程度 ＋ 形容。

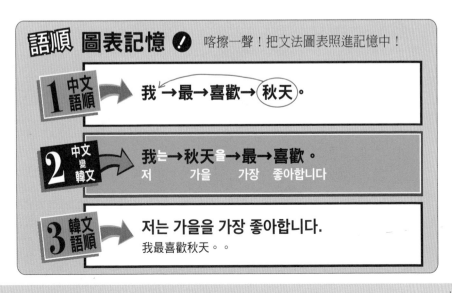

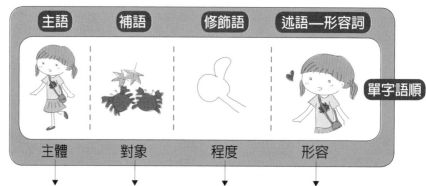

主語	補語	修飾語	述語—形容詞
主體	對象	程度	形容

1
jeo.neun
저는
走.嫩
　　　　　　　　　　jo.a.ham.ni.da
　　　　　　　　　　좋아합니다.　我喜歡。
　　　　　　　　　　求.阿.航.妮.打

2
jeo.neun　　ga.eu.reur
저는　　　　가을을
走.嫩　　　卡.恩.入
　　　　　　　　　　jo.a.ham.ni.da
　　　　　　　　　　좋아합니다.　我喜歡秋天。
　　　　　　　　　　求.阿.航.妮.打

3
jeo.neun　　ga.eu.reur　　ga.jang
저는　　　　가을을　　　　가장
走.嫩　　　卡.恩.入　　　卡.張
　　　　　　　　　　jo.a.ham.ni.da
　　　　　　　　　　좋아합니다.　我最喜歡秋天。
　　　　　　　　　　求.阿.航.妮.打

例句（3）修飾語「가장」（最），從程度面來修飾、限定形容詞述語「좋아합니다」，知道主語「저」（我）在四個季節中，「最」喜歡秋天了。另外，「不喜歡」用「～지 않습니다」例如：「커피를 싫어합니다.」（我不喜歡咖啡）。

看漫畫比比看

1 저는 좋아합니다.
我喜歡。

2 저는 가을을 좋아합니다.
我喜歡秋天。

3 저는 가을을 가장 좋아합니다.
我最喜歡秋天。

例句（2）加上補語「가을을」，知道喜歡的對象是秋天；例句（3）再加上「가장」（最），知道我是「最」喜歡秋天了。

1 照語順寫句子 依照下面的語順，改成一個完整的韓語句子。

1. 那 → 冰箱 → 很 → 新
　　　冷藏고　　　새롭습니다

_____

2. 那個 → 模特兒 → 非常 → 漂亮
　　　　모델　　　　멋있습니다

_____

3. 我 → 偶爾 → 歌 → 唱
　　　　노래　부릅니다

_____

2 翻譯練習 請把中文句子翻譯成為韓語。

1. 他喝三瓶啤酒。　　　　　　　　　　三瓶＝3병

_____

2. 孩子常吃蔬菜。　　　　孩子＝어린이；蔬菜＝야채

_____

第七課　行為的目的

　　某行為是為誰而做的呢？表示目的的「為了」用「**를 / 을 위해서** [reur/eur.wi.hae.seo]」。使用時，要接在名詞的後面。順序是要放在動詞述語前面，來修飾述語。接續的方法是「母音＋**를 위해서**；子音＋**을 위해서**」。使用時也常省略「**서**」。

　　要說，「我為她努力。」韓語語順是，將「為」移到「她」的後面，就可以啦！語順是，

> **主體는+目的를/을 위해서+動作。**

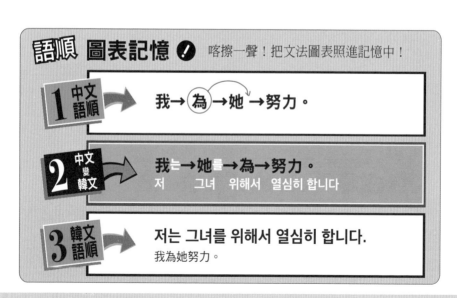

語順 圖表記憶 ❗ 喀擦一聲！把文法圖表照進記憶中！

1 中文語順　我→為→她→努力。

2 中文變韓文　我는→她를→為→努力。
저　　그녀　위해서　열심히 합니다

3 韓文語順　저는 그녀를 위해서 열심히 합니다.
我為她努力。

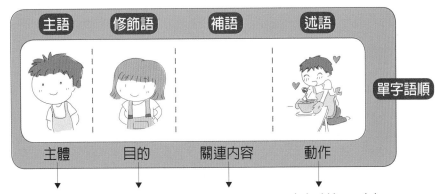

主語	修飾語	補語	述語
主體	目的	關連內容	動作

單字語順

1
jeo.neun
저는
走.嫩

yeol.sim.hi.ham.ni.da
열심히 합니다.
友.心.稀.航.妮.打
　　　　　我努力。

2
jeo.neun　geu.nyeo.reur.wi.hae.seo
저는　그녀를 위해서
走.嫩　古.牛.路.為.黑.手

yeol.sim.hi.ham.ni.da
열심히 합니다.
友.心.稀.航.妮.打
　　　　　我為她努力。

3
jeo.neun　byeong.gan.ho.reur.wi.hae.seo.hak.ggyo.reur
저는　병간호를 위해서학교를
走.嫩　蘋.剛.呼.路.為.黑.手.哈.救.入

swim.ni.da
쉽 니다.
雖母.妮.打　　我因為照顧病人，
　　　　　沒去學校。

　　「그녀를 위해서」（為了她）跟「병간호를 위해서」（因為照顧病人）各
表示「열심히 합니다」（努力）跟「쉽니다」（沒去，休息）這些行為的目的。
也就是行為目的的用言修飾。

STEP5

用言修飾語＋述語

---

1 **照語順寫句子** 依照下面的語順，改成一個完整的韓語句子。

1. 爸爸 → 哥哥 → 為了 → 西裝 → 買
　　　　　　　　　양복　　사줍니다

_____

2. 他 → 她 → 為了 → 煙 → 戒了
　　　　　　　　담배　　끊었습니다

_____

3. 我 → 孩子 → 為了 → 點心 → 買
　　　아이　　　　　간식　　사줍니다

_____

2 **翻譯練習** 請把中文句子翻譯成為韓語。

1. 父母為了孩子工作。　　　　　　父母＝부모；工作＝ 일합니다

_____

2. 我為了成功而努力。　　　　　　成功＝성공；努力＝ 열심히 합니다

_____

第八課　原因

　　要表示原因、理由，韓語用「니까 [ni.kka]/ 으니까 [eu.ni.kka]」來表現。經常用在說話人命令、勸誘對方的理由。使用時，直接用在動詞或形容詞語幹後面，然後放在述語的前面，來修飾述語。接續的方法是「母音＋니까 / 子音＋으니까」。

　　要說，「因為有發燒，請休息。」韓語語順是，將「因為」移到「發燒」的後面，就可以啦！語順是，

> **主體+原因니 까/으니까+行為。**

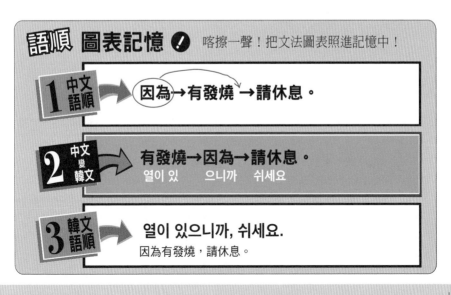

語順 圖表記憶 ❗ 喀擦一聲！把文法圖表照進記憶中！

1 中文語順 → 因為→有發燒→請休息。

2 中文變韓文 → 有發燒→因為→請休息。
　　　　　　　　열이 있　　으니까　쉬세요

3 韓文語順 → 열이 있으니까, 쉬세요.
　　　　　　　　因為有發燒，請休息。

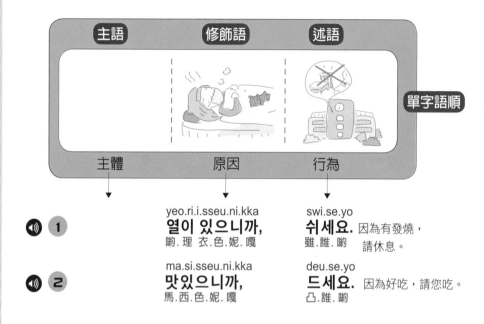

主語	修飾語	述語
主體	原因	行為

1
yeo.ri.i.sseu.ni.kka
열이 있으니까,
喲.理.衣.色.妮.嘎

swi.se.yo
쉬세요.
雖.誰.喲

因為有發燒，請休息。

2
ma.si.sseu.ni.kka
맛있으니까,
馬.西.色.妮.嘎

deu.se.yo
드세요.
凸.誰.喲

因為好吃，請您吃。

「열이 있다」（有發燒）接「으니까」就變成「열이 있으니까」（因為有發燒）；「맛있다」（好吃）接「으니까」就變成「맛있으니까」（因為好吃）。

「열이 있으니까」（因為有發燒）跟「맛있으니까」（因為好吃）各表示「쉬요」（請休息）、跟「먹드세요」（請您吃）這些行為的原因。也就是行為原因的用言修飾。

---

1 **照語順寫句子** 依照下面的語順，改成一個完整的韓語句子。

1. 雨 → 下→ 因為 → 趕快 → 走吧。
   　　　　　　　　빨리　　갑시다

   _____

2. 時間 → 沒有 → 因為 → 地鐵 →坐→ 去吧。
   시간　　없다　　　　　지하철

   _____

3. 天氣 → 好→ 因為 → 山上 → 去吧
   날씨　좋다　　　　　산

   _____

2 **翻譯練習** 請把中文句子翻譯成為韓語。

1. 因為這個便宜而買了。　　　便宜＝싸다；買了＝샀습니다

   _____

2. 因為每天走路，很健康。　每天＝매일；走路＝걷다；健康＝건강합니다

   _____

練 習 問 題 解 答

STEP 1 先弄懂一下
照語順寫句子
1. 그녀는 음악을 듣습니다 .

   她聽音樂。
2. 그는 한국어를 가르칩니다 .

   他教韓語。
3. 나는 밥을 천천히 먹습니다 .

   我慢慢地吃飯。

排排看
1. 나는 주스를 마십니다 .

   我喝果汁。
2. 당신은 접시를 씻습니다 .

   你洗盤子。

STEP 2 基本句型
第一課 做什麼
照語順寫句子
1. 바람이 붑니다 .

   風吹。
2. 형은 그녀와 데이트합니다 .

   哥哥和她約會了。
3. 야채 가게에서는 그녀에게 무를 팔겠습니다 .

   蔬果店賣白籬菠給她。

排排看
1. 어머니는 어린이에게 숙제를 가르칩니다 .

   媽媽給小孩教功課 。
2. 아버지는 맥주를 삽니다 .

   爸爸買啤酒。

第二課 怎樣的
排排看
1. 집은 학교에서 멉니다 .

   家離學校很遠。
2. 어머니는 역사에 잘압니다 .

   媽媽對歷史很瞭解。

翻譯練習
1. 바다가 푸릅니다 .
2. 차가 편리합니다 .
3. 산이 예쁩니다 .

第三課 什麼的
照語順寫句子
1. 여기는 백화점입니다 .

   這裡是百貨公司。
2. 이것은 사과입니다 .

   這是蘋果。
3. 저것은 제 노트입니다 .

   那是我的筆記本。

排排看
1. 저기는 화장실입니다 .

   那裡是廁所。
2. 아버지는 샐러리맨입니다 .

   爸爸是上班族。

翻譯練習
1. 아버지는 사장입니다 .
2. 이것은 지갑입니다 .

STEP 3 補語─述語
第一課 行為的對手、目標
照語順寫句子
1. 그는 교수와 만납니다 .

   他和教授見面。
2. 우리들은 그에게 선물을 보냅니다 .

   我們送禮物給他。
3. 나는 그녀에게 이메일을 보냅니다 .

   我寄電子郵件給她了。

排排看
1. 나는 선생님과 상의합니다 .

   我跟老師商量。
2. 그는 친구에게 책을 빌려줍니다 .

   他借了書給朋友。

第二課 行為的方向及目的
照語順寫句子
1. 나는 학교에 갑니다 .

   我到學校。
2. 남동생은 역에서 걸어 갑니다 .

   弟弟從車站走去。

3. 김명현씨는 야채 가게에 쇼핑하러 갑니다 .

　　　金明賢先生去蔬果店買東西。

排排看

1. 나는 유원지에 갑니다 .

　　我到遊樂園。

2. 아버지는 종로에 마시러 갑니다 .

　　爸爸去鐘路喝酒。

第三課 人與物的存在

照語順寫句子

1. 교실에 학생이 있습니다 .

　　教室有學生。

2. 사내아이는 휴대폰이 없습니다 .

　　男孩子沒有手機。

排排看

1. 병원에 의사가 있습니다 .

　　醫院裡有醫生。

2. 어린이는 볼펜이 없습니다 .

　　小孩沒有原子筆。

翻譯練習

1. 거기에 냉장고가 있습니다 .

2. 집에 개가 없습니다 .

第四課 行為的出發點、方向、到達點

照語順寫句子

1. 남자는 소파에 앉습니다 .

　　男人坐到沙發。

2. 형은 터널에서 나갑니다 .

　　哥哥從隧道出來。

排排看

1. 어머니는 방에 들어갑니다 .

　　媽媽進房間。

2. 그녀는 우체국으로 갑니다 .

　　她往郵局去。

翻譯練習

1. 나는 버스에서 내립니다 .

2. 나는 해외에 갑니다 .

第五課 結果

照語順寫句子

1. 머리가 길어졌습니다 .

　　頭髮變長了。

2. 남동생이 멋있어졌습니다 .

　　弟弟變帥了。

排排看

1. 선배는 작가가 되었습니다 .

　　前輩當了作家。

2. 할머니는 건강해졌습니다 .

　　奶奶變健康了。

翻譯練習

1. 어린이의 옷은 더러워 졌습니다 .

2. 여동생은 음악가가 되었습니다 .

第六課 行為的原料、材料

照語順寫句子

1. 유리로 의자를 만듭니다 .

　　用玻璃做椅子。

2. 와인은 포도로 만들었습니다 .

　　葡萄酒是從葡萄製成的。

排排看

1. 바나나로 디저트를 만듭니다 .

　　用香蕉做甜點。

2. 빵은 밀가루로 만듭니다 .

　　麵包是從麵粉製成的。

翻譯練習

1. 나무로 젓가락을 만듭니다 .

2. 술은 쌀로 만들어졌습니다 .

第七課 比較的對象

照語順寫句子

1. 오늘은 어제보다 춥습니다 .

　　今天比昨天寒冷。

2. 한국남자는 더 상냥합니다 .

　　韓國男人更體貼。

排排看

1. 도시는 시골보다 번화합니다 .

　　城市比鄉下熱鬧。

2. 누나는 더 젊습니다 .

　　姊姊更年輕。

翻譯練習

1. 이것은 그것보다 쉽습니다 .

2. 그는 더 부자입니다 .

STEP 4 變形句
第一課 時間變形
照語順寫句子
1. 지금 , 비가 내리고 있습니다 .

  現在正在下雨。
2. 그저께 , 지진이 일어났습니다 .

  前天有了地震。

排排看
1. 내일은 비가 내릴 것입니다 .

  明天會下雨吧。
2. 어제는 태풍이 왔습니다 .

  昨天颱風來了。

翻譯練習
1. 지난 주는 눈이 내렸습니다 .

第二課 邀約變形句
照語順寫句子
1. 사진을 찍을까요 ?

  一起拍照吧！
2. 집에 돌아갑시다 .

  一起回家吧。

排排看
1. 전철을 탑시다 .

  一起搭電車吧。
2. 식사를 합시다 .

  一起吃飯吧！

翻譯練習
1. 학교에 갑시다 .
2. 함께 그를 기다립시다 .

第三課 希望變形句
照語順寫句子
1. 나는 라디오를 듣고 싶습니다 .

  我想聽廣播。
2. 언니는 서울에 가고 싶어합니다 .

  姊姊想要去首爾。

排排看
1. 어른은 자동차를 사고 싶어합니다 .

  大人想要買自用車。
2. 나는 여행을 가고 싶습니다 .

  我秋天想去旅行。

翻譯練習
1. 그는 가방을 사고 싶어합니다 .
2. 나는 인삼차를 마시고 싶습니다 .

第四課 能力變形句
照語順寫句子
1. 여기서 담배를 피울 수 없습니다 .

  這裡不能抽煙。
2. 언니는 양복을 만들 수 있습니다 .

  姊姊會做衣服。

排排看
1. 나는 혼자 갈 수 없습니다 .

  我沒有辦法一個人去。
2. 김명현씨는 낫또을 먹을 수 있습니다 .

  金明賢先生敢吃納豆。

翻譯練習
1. 나는 발레를 출 수 있습니다 .
2. 이 일은 내가 할 수 없습니다 .

STEP 5 用言修飾語 + 述語
第一課 時間、期間
照語順寫句子
1. 그녀는 11 시부터 7 시까지 잤습니다 .

  她從 11 點睡到 7 點。
2. 바이올린은 3 년간 배웠습니다 .

  學了三年小提琴。

排排看
1. 형은 9 시부터 운동합니다 .

  家兄從 9 點開始運動。
2. 나는 저녁부터 밤까지 요리합니다 .

  我從傍晚開始做菜到晚上。

翻譯練習
1. 친구는 내일 퇴원합니다 .
2. 갓난아기는 12 월 1 일에 태어났습니다 .

第二課 動作、行為的場所、範圍
照語順寫句子
1. 서울에서 명동까지 걷습니다 .

  從首爾走路到明洞。
2. 모두 불고기밖에 먹지 않습니다 .

  大家只吃燒肉。

排排看
1. 나는 한국에서 공부했습니다.
　　我在韓國唸了書。
2. 사과는 두 게만 먹습니다.
　　蘋果只吃兩個。
翻譯練習
1. 나는 부엌에서 청소합니다.
2. 형은 회사에서 일합니다.

第三課 一起動作的對象
照語順寫句子
1. 선생님은 학생과 이야기합니다.
　　老師跟學生說話。
2. 점원은 손님과 인사합니다.
　　店員跟客人打招呼。
3. 선배는 후배와 춤춥니다.
　　學長跟學弟跳舞。
翻譯練習
1. 어머니는 아이와 산책합니다.
2. 나는 친구와 학원에 갑니다.

第四課 道具跟手段
照語順寫句子
1. 부인은 과일로 주스를 만듭니다.
　　妻子用水果做果汁。
2. 학생은 한국어로 일기를 씁니다.
　　學生用韓文寫日記。
排排看
1. 언니는 부엌칼로 야채를 자릅니다.
　　姊姊用用菜刀切菜
2. 아저씨는 배로 해외에 갑니다.
　　叔叔搭船去國外。
翻譯練習
1. 누이동생은 연필로 글자를 씁니다.
2. 대학생은 영어로 노래를 부릅니다.

第五課 狀況
照語順寫句子
1. 깨끗하게 씻습니다.
　　洗乾淨。
2. 야채를 많이 먹습니다.
　　吃很多蔬菜。

3. 언제나 신중히 생각합니다.
　　總是慎重地考慮。
翻譯練習
1. 짧게 머리를 자릅시다.
2. 즐겁게 일을 합시다

第六課 數量、頻度跟程度
照語順寫句子
1. 저 냉장고는 정말 새롭습니다.
　　那冰箱很新。
2. 저 모델은 정말 멋있습니다.
　　那個模特兒很漂亮。
3. 나는 가끔 노래를 부릅니다.
　　我偶爾唱歌。
翻譯練習
1. 그는 맥주를 3병 마십니다.
2. 어린이는 자주 야채를 먹습니다.

第七課 行為的目的
照語順寫句子
1. 아버지는 형을 위해서 양복을 사줍니다.
　　爸爸為哥哥買西裝。
2. 그는 그녀를 위해서 담배를 끊었습니다.
　　他為了她戒煙了。
3. 나는 어린이를 위해서 간식을 사줍니다.
　　我為了孩子買點心。
翻譯練習
1. 부모는 아이를 위해서 일합니다.
2. 나는 성공을 위해서 열심히 합니다.

第八課 原因
照語順寫句子
1. 비가 오니까 빨리 갑시다.
　　因為快要下雨，趕快走吧。
2. 시간이 없으니까 지하철로 갑시다.
　　因為沒時間，坐地鐵去吧。
3. 날씨가 좋으니까 산에 갑시다.
　　因為天氣很好，上山去吧。
翻譯練習
1. 이것 싸니까 샀습니다.
2. 매일 걸으니까 건강합니다.

안녕하세요 한국어.
잘 부탁합니다.
★ 獻給想要馬上說韓語的您 ★

遊韓
萬用版

初級 韓語文法
中文就行啦

有圖解的喔！

玩玩韓語 05

2015年3月　初版一刷

發行人 ● 林德勝
著者 ● 金龍範

出版發行 ● 山田社文化事業有限公司
臺北市大安區安和路一段112巷17號7樓
電話　02-2755-7622
傳真　02-2700-1887

郵政劃撥 ● 19867160號　大原文化事業有限公司
網路購書 ● 日語英語學習網　http://www.daybooks.com.tw

總經銷 ● 聯合發行股份有限公司
新北市新店區寶橋路235巷6弄6號2樓
電話　02-2917-8022
傳真　02-2915-6275

印刷 ● 上鎰數位科技印刷有限公司
法律顧問 ● 林長振法律事務所　林長振律師
書+1MP3 ● 定價　新台幣299元
初版 ● 2015年3月

ISBN:978-986-246-4144
2015, Shan Tian She Culture Co., Ltd.